leykam: *seit 1585*

Hubert Flattinger & Petra Hartlieb

Die Drachen sind los

Ein Fall für Martha & Mischa

illustriert von Ulrike Halvax

leykam: KINDER- UND JUGENDBUCH

1

Man kann sich einen langen Winter auch schönreden. Das macht unser Papa jedes Jahr von November bis April. Egal wie grauslich es draußen ist, jeden Tag nach dem Aufstehen schaut er aus dem Fenster und erklärt uns, wie toll das Wetter ist.

„Wow, schaut mal – der Nebel! Das sieht ja geheimnisvoll aus."

„Hui, heute schüttet es aber, da freut sich die Natur."

„Oh, wie aufregend, ein Hagelsturm! Aber da hinten kommt schon die Sonne hervor!"

„Minus fünf Grad, da friert sicher bald der Teich zu und wir können eislaufen."

Schlimm ist es natürlich, wenn es schneit. Dann hüpft er vor dem Fenster auf und ab und schwärmt von Schneeballschlachten, Iglu bauen, Schlittenfahrten und davon, dass man jede einzelne Schneeflocke genießen muss, weil Schnee inzwischen ja so selten geworden ist.

Mein Bruder Mischa und ich schauen dann meistens brav aus dem Fenster und schütteln den Kopf. Wir, die ungleichen Zwillinge, sind uns immer ganz schnell einig: Papa und das Wetter, das ist ein eigenes Kapitel.

Früher haben wir in Wien gewohnt und in einer Großstadt ist das Wetter immer irgendwie gleich. Im Winter grau, nass und dunkel und im Sommer heiß und trocken.

In Krähfeld, wo wir jetzt wohnen, ist das ganz anders, da gibt es richtiges Wetter. Ich weiß auch nicht, wie ich das erklären soll, aber rund um unser Haus ist ein großer Wald und da ist alles viel … spektakulärer. Mischa würde jetzt sagen, dass ich angebe, weil ich komplizierte Wörter verwende … aber egal.

Im Novembernebel sieht man *wirklich* keine Bäume, obwohl sie ganz dicht am Haus stehen. Ein Regenguss macht Wald und Wiese urplötzlich noch ein bisschen grüner. Der Hagel prasselt auf unser Dach wie ein Trommelwirbel und manchmal steht dahinter ein Regenbogen am Himmel.

Und im Jänner war es tagelang so kalt, dass wir vom zugefrorenen Teich gar nicht mehr wegzulocken waren. Echtes Wetter eben.

Nun sitzen wir schon seit Freitagnachmittag in unseren Zimmern und nicht einmal Papa fällt etwas Gutes zum Wetter ein. Seit vier Tagen schüttet es und wütet ein heftiger Sturm.

„Näch… Wochen … das … auf“, sagt Papa und stapelt frisch gewaschene T-Shirts auf meinen Schreibtisch.

„Was?“

Papa grinst und legt die Hände über seine Ohren, da nehme ich widerwillig die Kopfhörer ab und schaue von meinem Buch auf. Hermine, Ron und Harry sind gerade in Gryffindor eingezogen und was ich jetzt gar nicht brauchen kann, ist ein Vater, der mir sagt, ich solle bitte schön meine Wäsche in den Schrank räumen.

„Nächstes Wochenende sperrt das Freibad auf“, brüllt er jetzt und ich schaue ihn entgeistert an.

„Schrei doch nicht so“, sage ich, setze mich im Bett auf und schaue aus dem Fenster. Keine Veränderung. Am Himmel türmen sich graue Wolken übereinander, die Bäume vor unserem Haus biegen sich im Sturm und es schüttet wie aus Kübeln.

„Ja, sicher." Ich verschwinde wieder in Hogwarts und unter der Bettdecke und Papa verschwindet kopfschüttelnd aus meinem Zimmer.

Keine fünf Minuten später fliegt die Tür auf, mein Bruder schießt durchs Zimmer und landet mit einem lauten Schrei auf meinem Bett. Er zieht die Kopfhörer ein Stück von meinen Ohren und brüllt: „Mir ist sooooooo fad! Gehen wir mit Jip raus?"

Und natürlich wedelt da auch schon ganz aufgeregt unser riesiger weißer Hund, der Mischa gefolgt ist, mit dem Schwanz und hält die Leine in der Schnauze.

„Keine zehn Pferde bringen mich da raus." Ich zerre an der Bettdecke.

„Aber ein Hund und ein Zwillingsbruder", ruft Mischa und kitzelt mich so lange, bis ich aus dem Bett falle und mich ergebe.

2

Klick – Licht an, *klack* – Licht aus. *Klick* – Licht an, *klack* – Licht aus. Wie lange muss ich das noch spielen, bis endlich was passiert? Manchmal ist es wie verhext. Dann läuft garantiert nichts so, wie man es sich vorstellt.

Das fängt schon am Morgen an, weil wieder einmal kein warmes Wasser aus dem Duschkopf kommt. Meinen Schrei müsste jeder im Haus gehört haben. Trotzdem hat sich keiner um mich geschert. Weder Mama noch Papa, weil die heute noch gar nicht munter waren, als ich aufgestanden bin. Und seit Martha sich in Hogwarts rumtreibt, ist mit ihr auch nicht zu rechnen. Ständig hat sie die Kopfhörer auf und interessiert sich nur mehr für Harry, Ron und Hermine. Bloß Jip ist da, wedelt mit dem Schwanz und will ins Freie. Aber bei diesem Regenwetter? Da hätte ich ihn ja gleich zu mir unter die Dusche mitnehmen können. Nein, Jip! Lass uns lieber überlegen, was sich an einem Tag wie heute anstellen lässt. Schließlich haben wir Wochenende und können tun und lassen, was wir wollen. Also jede Menge Zeit für … ja, für was?

Ich könnte in den Keller gehen und mit unserem alten Funkgerät außerirdische Lebensformen anpeilen. „Hier Mischa aus Krähfeld. Kann mich irgendein Alien da draußen hören?“

Aber das habe ich ja schon gestern Abend versucht. Wie so oft ist nichts dabei herausgekommen. Nur langweiliges *Chhhrrr-chhhrrrr* drang aus den Ritzen des Lautsprechers. Vielleicht haben die im Weltall ebenfalls mieses Wetter? Und die grünen Männchen liegen lieber auf der faulen Haut, als mit Untertassen durch die Galaxie zu zischen. Kann ja sein.

Zeichnen mag ich heute auch nicht. Ich habe es vorhin zwar probiert, aber nichts wollte mir wirklich gelingen. Nur doofes Gekritzel. Heute ist eben alles wirklich wie verhext.

Ich könnte ja noch einmal laut schreien und warten, ob diesmal etwas passiert. Vielleicht hört mich einer von unserer Bande, den *Glorreichen Acht?* Und mit etwas Glück würde es nicht lange dauern und alle kämen angeradelt: Boris, Mareika, Simon, Natty, Benji und Kerstin. Dann könnten wir zusammen abhängen und irgendwann würde sicher einem von uns was Tolles einfallen.

In der Schule war die letzten Wochen kaum was los. Okay, vor ein paar Tagen hat sich Benji in der großen Pause mit seiner Zahnspange in einem Kaugummi verstrickt. Hat wild herumgejammert, bis Mareika und Kerstin ihm zu Hilfe gekommen sind. Kerstin hielt Benjis Kopf fest, während Mareika in Benjis Mund herumfingerte, bis endlich auch der letzte klebrige Faden draußen war. Eine furchtbar unappetitliche Geschichte. Aber nach dem schwierigen Eingriff waren alle glücklich. Benji hat hoch und heilig geschworen, in Zukunft auf Kaugummi zu verzichten. Ansonsten ist nichts passiert und es hat fast immer nur geregnet. Und das im angeblich so schönen Wonnemonat Mai. Den Lederfußball habe ich jedenfalls umsonst abgestaubt und ihn wieder auf den Schrank hochgeköpfelt.

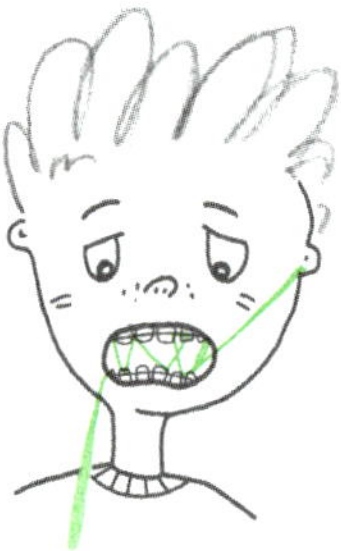

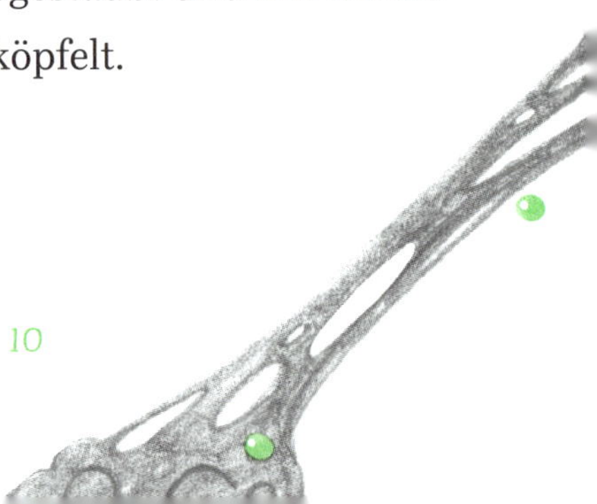

Klick – Licht an, *klack* – Licht aus, *klick* – Licht an … Noch immer ist es still im Haus. So still, dass man am liebsten Lärm machen möchte. Vielleicht mit meiner Mundharmonika? Die habe ich zu Weihnachten geschenkt bekommen.

„Musik hört sich anders an", hat Papa sich beschwert und gemeint, dass er mit dem Christkind unbedingt mal ein ernstes Wort sprechen muss. Das Christkind, also Mama, hat darauf nur gelacht und Papa ein Küsschen über den Tisch zugehaucht.

Klick – Licht an, *klack* – Schluss mit diesem blöden Spiel! Wozu hat man schließlich eine Schwester? Ihr Zimmer liegt gleich nebenan, aber als ich ihr zusammen mit Jip einen Überraschungsbesuch abstatte, wirft sie ein Kissen nach mir.

„Mensch, Mischa! Und Jip, du auch! Runter da! Mein Bett ist doch kein Trampolin!"

„Aber du bist meine Schwester!"

„Schon, aber dafür kann ich ehrlich nichts."

„Kannst du schon!"

„Kann ich nicht, du Äffchen. Wenn du dich beschweren willst, geh zu Mama oder Papa. Was geht mich das an, wenn dir ständig langweilig ist."

„Viel geht dich das an. Weil du dich in letzter Zeit nur noch in Hogwarts rumtreibst. Lieber bei diesen Weasleys und Wuzzleys sein willst, als mit mir etwas zu machen."

Martha sieht mich mit großen, glasigen Augen an. So wie immer, wenn ihr etwas leidtut. „Na gut", sagt sie, legt *Harry Potter* beiseite und schwingt endlich ihre Beine aus dem Bett.

3

„Martha, Mischa, Leyla! Zu Tisch, zu Tisch!“ Papas Stimme schallt durchs Haus und da hören wir auch schon einen Topfdeckel mit lautem Poltern auf den Küchenfliesen aufschlagen. Der Tollpatsch ist zurück.

Die letzten Tage hat Papa sich nämlich in seinem Arbeitszimmer verkrochen. Hin und wieder hat man ihn brummen oder seufzen gehört. Jeden Abend ist er dann mit müden Augen rausgekommen und hat minutenlang in den Kühlschrank gestarrt, als wäre da drin die Lösung der Probleme der Welt.

Aber heute ist alles anders! Seit einer halben Stunde riecht es sogar in den oberen Stockwerken fast so gut wie bei *Giovanni,* unserer alten Lieblingspizzeria in Wien. Mischa und ich stürmen die Stiegen hinunter.

Und wirklich, Papa ist wie ausgewechselt. „Tada!“, ruft er und stellt mit einer schwungvollen Bewegung die riesige Auflaufform mit Lasagne auf den Tisch. „Mit Soja", erklärt er und blickt mich stolz an. Ich verzichte nämlich seit einiger Zeit auf Fleisch. Das ist nicht immer leicht.

„Artikel fertig?", fragt Mama und lässt sich auf einen der wackeligen Küchensessel fallen.

„8.116 Zeichen. Wisst ihr, was Zeichen sind, Kinder?" Papa wartet gar nicht auf eine Antwort, sondern erklärt: „Das sind die Buchstaben, die ich getippt habe. Also, ein paar Punkte und Kommas sind auch dabei, aber ansonsten sind es 8.116 perfekt recherchierte Buchstaben. Ich kann euch jetzt ganz genau erklären, warum es eine Katastrophe wäre, wenn man eine Schnellstraße durch einen riesigen Wald bauen würde."

Mischa zupft an der Käsekruste der Lasagne und macht ein langes Gesicht. „Können wir erst essen?", fragt er.

Papa beginnt mit einem großen Löffel die Lasagne auf unsere Teller zu häufen. „Klar", sagt er und schaut ein bisschen beleidigt. „Und was hast du heute erlebt, Leyla?"

„Ich hab einem Kaninchen zwei Zähne gezogen, einem Dackel die Hüfte eingerenkt und einer Katze das zerbissene Ohr genäht. Dazwischen ein paar Impfungen und den Dobermann der Mayerhofers untersucht, weil er immer dicker wird." Mama muss ziemlichen Hunger haben, sie redet mit vollem Mund. „Hm, scher gut hascht du gekocht, mein Schatz."

„Und was ist mit dem Dobermann?", fragt Mischa. „Ist er krank?"

„Der Dobermann ist eine Doberfrau und hat ein paar Babys im Bauch", sagt Mama und lacht. „Und was habt ihr gemacht?"

„Ich bin beim dritten *Harry-Potter*-Band", antworte ich und puste auf die heiße Lasagne auf meinem Teller.

„Ja, Martha liest die ganze Zeit und mir ist fad", mault mein Bruder und dann geht plötzlich ein Strahlen über sein Gesicht. „Aber morgen fahren wir ins Schwimmbad!"

Bevor Mama etwas sagen kann, kommt Papa ihr zuvor: „Das ist eine ausgezeichnete Idee! Morgen ist ja der 15. In Wien sind wir immer schon am 1. Mai schwimmen gegangen."

Und Papa hat recht: Wir haben unsere Familientradition, am 1. Mai schwimmen zu gehen, nur ein einziges Mal ausgelassen. Damals war ein schlimmer

Sturm. Doch hier in Krähfeld sperrt das Freibad erst zwei Wochen später auf.

„Habt ihr zufällig die letzten Tage mal aus dem Fenster geschaut?“, frage ich und schiebe mir eine große Portion Lasagne in den Mund. „Wir haben vor Kurzem einen lustigen Satz in Englisch gelernt: *It's raining cats and dogs.*“

Da steht Papa auf, öffnet die Tür in den Garten und zeigt nach draußen, wie ein König, der seiner Prinzessin das Reich präsentiert. „Keine dogs and cats. Schaut doch mal, da kommt die Abendsonne und morgen ist es schön."

Bevor auch nur irgendwer etwas sagen kann, spaziert Jip durch die geöffnete Tür, links und rechts flankiert von Hanna und Henriette. Papa wedelt daraufhin ganz unköniglich mit der Hand und ruft: „Keine Hühner im Haus! Wie oft haben wir das schon besprochen?!"

Der große Hund zwischen den Hühnern schaut unschuldig. Hanna und Henriette legen den Kopf schief und gackern leise. Mama, Mischa und ich beginnen laut zu lachen, während Papa die Hühner wieder rausscheucht. Dabei fliegt ein Glas vom Tisch, die Stehlampe kippt um und landet fast in der Lasagne, Mama schimpft, Papa flucht, Mischa und ich lachen und die beiden Hühner spazieren hocherhobenen Hauptes zurück in den Garten.

Nach dem Abendessen – jeder von uns hat mindestens zwei Portionen Lasagne verdrückt – hängen wir erschöpft in den Stühlen, und der Rest der Familie versucht mich mit Engelszungen zu überreden, auf *Harry Potter* zu verzichten und *Monopoly* mitzuspielen. Ich habe eigentlich total Lust auf *Monopoly,* lasse mich aber trotzdem ein wenig bitten. Mischa soll ruhig glauben, dass ich ein großes Opfer bringe.

Natürlich gewinnt Mischa! Er tut immer so, als könnte er nicht bis drei zählen, und dann kauft er Straßenzüge, baut Häuser und Hotels und alle anderen werden von Runde zu Runde ärmer.

Später im Bett lese ich doch noch ein paar Seiten, obwohl ich schon so müde bin. Und gerade als ich das Licht abgedreht habe, kommt Mama leise ins Zimmer und setzt sich auf die Bettkante. „Geht's dir eh gut, Martha?“

„Klar geht's mir gut. Warum fragst du?“

„Na ja, du bist so still in letzter Zeit. Und ständig in deinem Zimmer.“

„Ich lese.“

„Ja, ich weiß. Ich wollte nur mal fragen. Vermisst du die Stadt?“

„Hm. Manchmal. Aber hier ist es gut. Und wir haben Jip und Hanna und Henriette und unsere coole Bande und ich muss mir nicht mit meinem nervigen Bruder das Zimmer teilen.“

„Ja, da hast du recht. Und jetzt schlaf schön.“ Mama drückt mir einen Kuss auf die Stirn und ich kuschle mich unter die Decke.

4

Boris ist sauer. „Da scheint endlich mal wieder die Sonne und was macht ihr? Liegt faul herum und macht gar nichts. Da hätten wir ja gleich zu Hause bleiben können. Ich war immerhin schon dreimal im Wasser!“

„Deswegen hast du auch ganz blaue Lippen“, antwortet ihm Natty, ohne auch nur einen Zeh zu rühren. Auch Simon lässt sich von Boris’ Schmollen nicht aus der Ruhe bringen. „Chill doch mal“, murmelt er gelassen. „Das Schwimmbecken läuft uns ja nicht davon.“ Benji schüttelt ebenfalls den Kopf und sagt: „Außerdem ist das Wasser eiskalt. Meine Haut ist schon ganz verschrumpelt und sieht aus wie von einem Elefanten.“

„Wie von einem Babyelefanten“, findet meine Schwester, lächelt Benji dabei aber so treuherzig an, dass er ihr nicht böse sein kann.

„Und wie steht's mit dir?“, grummelt Boris in meine Richtung, als käme seine Stimme aus einer dunklen Gewitterwolke. „Gehst wenigstens du noch einmal mit?“

„Ich? … Uhhh … weiß nicht … 20 Grad ist nicht gerade Südsee.“

Boris zieht sich die Badehose bis zum Bauchnabel hoch und bellt verächtlich: „Pah! Schöne Piraten seid ihr!“

Irgendwie kann ich ihn ja verstehen. Endlich sind die *Glorreichen Acht* mal wieder zusammen, aber keiner mag sich auch nur einen Zentimeter bewegen.

„Na, gut“, brummt Boris. „Dann halt nicht. Ich bin jedenfalls hergekommen, um etwas zu erleben.“

Ein letztes Mal schnauft er beleidigt durch die Nase, dann tigert er allein los. Läuft den Hang hinunter, im Slalom um die Steintröge mit den Rosensträuchern, mit 180 Sachen in gerader Spur bis zum Beckenrand und … *platsch* … taucht er mit einem Riesensatz im Wasser unter.

„Brrr, da kriegt man ja vom Zusehen schon eine Gänsehaut“, sagt Mareika staunend.

Benji nickt. „Habt ihr gewusst“, piepst er mit seiner Mäuschenstimme, „dass in Finnland die

Menschen sogar im Winter baden? Echt wahr. Da kann es stürmen und schneien, das macht denen gar nichts aus. Sie springen pudelnackt ins eiskalte Wasser, als wäre es nichts. Puuh …"

„Soll er sich austoben", murmelt Martha, gähnt und streckt sich rücklings auf dem Handtuch aus. „Solange er nachher nicht wieder bei uns antanzt, sich ausschüttelt und einen auf *nassen Pudel* macht."

Eine Weile liegen wir da und reden nichts. Mir ist das recht. Ich horche gerne in die Stille, obwohl so ganz still ist es ja eigentlich nie. Irgendwas hört man immer. Mal ist es das leise Summen, wenn eine Biene einen Löwenzahn umkreist, dann das aufgebrachte Gezwitscher streitender Spatzen, bis wieder Frieden einkehrt und sich das gemütliche Gebrumme eines einsam dahinfliegenden Käfers hören lässt. Und bald kommt ein neues Geräusch hinzu: *Chrrr … chrrr …* Natty ist eingeschlafen und schnarcht leise vor sich hin. Auch mir werden allmählich die Augen schwer. Gerade will ich mich auf die Seite drehen und selbst ein wenig dösen, als ich Benji sagen höre: „Schau mal, Mischa, das musst du sehen."

Er zeigt auf Boris. Inzwischen ist unser Freund wieder aus dem Wasser. Etwa 20 Meter von uns entfernt steht er vor ein paar mannshohen Büschen und blickt wie hypnotisiert ins struppige Geäst. „Ist doch komisch“, sagt Benji und kratzt sich am Kopf. „Er klebt mindestens schon zwei Minuten dort fest, ohne sich zu rühren.“

„Vielleicht“, sagt Simon, „hat unser Eistaucher ja einen Schatz gefunden? Oder er überlegt, ob er sich den Weg zu den Klos sparen soll.“

„Ihhh …“, macht Kerstin empört und zieht angewidert die Nase hoch. „Er soll sich ja unterstehen!“

Da endlich reißt sich Boris von den Büschen los. Diesmal macht er keine Kurven, sondern eilt ohne Umwege zurück zu unserem Lager.

„Ihr werdet nicht glauben, was ich gesehen hab“, sagt er und holt tief Luft. „Eine … eine Riesenechse … so lang wie mein ausgestreckter Arm … und mindestens doppelt so dick.“

Mit einem schrillen Schrei schreckt Natty aus ihrem Schläfchen auf.

„Echsen? Wo? Was? Hier? Dort? Nein, bitte nicht!“ Ein wildes Stimmendurcheinander. Nur Simon lässt sich von der ganzen Aufregung nicht anstecken. Misstrauisch schaut er Boris an und sagt: „Eine Riesenechse? Du spinnst wohl. Solche Tiere gibt's in unserer Gegend doch gar nicht. Das war sicher nur eine Eidechse."

Aber Boris bleibt dabei. „Hundertpro keine Eidechse. Das Tier, das ich gesehen hab, war viel größer!" Er hält den Arm hoch und zeigt auf seine geballte Faust. „So groß allein der Kopf! Und rote Glupschaugen. Hat mich angestarrt, dass mir ganz schlecht geworden ist. Aber dann ist es ins Gebüsch gekrochen und hinter der Hecke verschwunden. Was ist, warum seid ihr plötzlich alle so still? Glaubt ihr mir etwa nicht?"

Keiner sagt ein Wort. Vielleicht dauert Boris unser Schweigen zu lange, weil er nun mit ganz feuchten Augen um sich blickt. Er sich beinahe schon enttäuscht von uns abwenden will, als Benji gerade noch rechtzeitig sagt: „Ich glaub dir."
„Ich auch", schließe ich mich an. „Und ich glaub dir auch!", versichert Martha mit fester Stimme.
„Wir auch! Na, klar", rufen Kerstin, Natty und Mareika wie im Chor.

„Na gut", gibt sich zuletzt sogar Simon geschlagen. „Wenn das so ist, bin ich dabei. Schließlich sind wir eine Bande und müssen zusammenhalten."

5

„Natürlich gehen wir der Sache nach“, sage ich mit fester Stimme und springe von meinem Handtuch auf.

„Das heißt, ihr glaubt mir echt?“ Boris’ Augen wandern zwischen meinem Bruder und mir hin und her, ein zaghaftes Lächeln huscht über sein Gesicht.

„Natürlich glauben wir dir. Glaubst du uns etwa nicht?“ Mischa kommt mir mit der Antwort zuvor und schlägt Boris auf die Schulter. Das sieht seltsam aus, fast wie in einem Film mit Cowboys oder Fußballspielern, die sich gegenseitig abklopfen. Nur stehen da eben nicht zwei große, starke Männer, sondern zwei schmächtige Buben in Badehosen.

Ich wickle mir mein Handtuch um und schaue die anderen an. „Wer kommt mit den Drachen suchen? Mir ist eh schon kalt!“

„Hey! Mach dich nicht lustig über mich“, schimpft Boris da schon wieder. „Ich hab nichts von einem Drachen gesagt.“

„Ist doch egal, was du gesagt hast. Los jetzt, kommt!“ Mareika steht bereits kampfbereit mitten auf der Wiese und blickt uns erwartungsvoll an.

Die *Glorreichen Acht* schleichen schweigend durch das fast leere Schwimmbad, vorbei am Kinderbecken, wo ein kleines Mädchen vergnügt in einem riesigen Einhornschwimmreifen herumpaddelt und laut singt. Vorbei am großen Sportbecken, wo drei Schwimmer ihre Bahnen ziehen, ohne uns zu bemerken.

Wir stellen uns im Kreis um die Büsche, in denen Boris das Tier entdeckt hat, und spähen vorsichtig durch die Zweige und Blätter. Da bekomme ich ein mulmiges Gefühl. Was ist, wenn die Echse, oder was auch immer, plötzlich aus dem Dickicht auf mich zuspringt? Ich habe ja eigentlich keine Angst vor Tieren, ich ekle mich auch nicht vor Regenwürmern oder Spinnen, aber wer weiß, was Boris da gesehen hat.

„Seht ihr das auch?", flüstert Simon plötzlich. Ich sehe gar nichts.

„Was denn?", fragt Mischa und Natty drückt meine Hand ganz fest.

„Na schaut doch mal genau hin! Was seid ihr denn für Detektive?!"

Wir gehen alle noch einen Schritt näher und Benji piepst: „Ich kann nichts sehen. Nur Zweige und Blätter und da ist ein bisschen Moos und Gras."

„Macht gefälligst eure Augen auf!" Simon streckt die Hand aus und lässt ein paar dünne Äste durch seine Finger gleiten.

„Die sind alle abgeknickt." Mareika hat als Erste ihre Sprache wiedergefunden und jetzt sehe ich es auch. Die kleinen Zweige auf der einen Seite des

Gebüschs stehen wild in alle Richtungen. Und weil ich seit dem Kindergarten Naturdokus im Fernsehen liebe, weiß ich natürlich, dass das eine Spur ist.

„Da war was ganz Großes", sage ich und Boris sieht mich triumphierend an. „Hab ich doch gesagt! Eine riesige Echse, so groß wie mein Arm."

„Und sie ist total erschrocken, als sie dich in der Badehose gesehen hat", sagt Simon und lacht. „Das kann ich gut verstehen."

Wir knien uns hin und untersuchen den Tatort. Deutlich erkennen wir nun die vielen abgeknickten Zweige, die Blätter am Boden. Bilde ich mir das ein oder verläuft da tatsächlich eine Spur im Gras, die in Richtung Waldrand führt?

„Was treibt ihr hier?" Die Stimme ist plötzlich hinter uns und wir reißen den Kopf herum. Der Bademeister! Groß und dick steht er da, die Hände in die Hüften gestemmt schaut er böse auf uns herab. „Vergrabt ihr hier Müll?"

„Nein, natürlich nicht", antworte ich und versuche freundlich zu klingen. Ich muss mich immer so ärgern, wenn Erwachsene so tun, als wären wir Kinder total bescheuert. Warum sollten wir Müll vergraben?

„Raucht ihr etwa heimlich?“, fragt er.

Benji muss kichern, nimmt ein Stückchen Holz zwischen die Finger und hält es wie eine Zigarette. „Klar, wir sind Kettenraucher“, piepst er und wir beginnen alle zu lachen.

„Schluss mit dem Unsinn, Kinder. Geht zurück an euren Platz oder besser gleich nach Hause. Es ist heute eh viel zu kalt zum Schwimmen.“

„Aber wir haben hier etwas gesehen“, sagt Boris, stellt sich vor den Bademeister und verschränkt die Arme vor der nackten Brust. „Nämlich ein Tier.“

„Ja, sicher gibt es hier Tiere. Mäuse, Ameisen, Vögel, Schnecken. Wir sind in der Natur“, sagt der Bademeister.

„So eine Art von Tier meine ich nicht“, erwidert Boris. „Es war so etwas wie eine Echse.“

„Klar gibt es hier auch Eidechsen.“ Inzwischen lächelt der Bademeister ganz nett.

„Und wie groß ist eine Eidechse?“, fragt Boris.

„Bub, lernt ihr denn gar nichts mehr in der Schule? So groß ist eine Eidechse.“ Der Bademeister zeigt mit Daumen und Zeigefinger ungefähr zehn Zentimeter.

Jetzt hüpft Boris aufgeregt auf und ab. „Dann war es keine Eidechse“, ruft er. „Meine Echse war mindestens so groß“, dabei breitet er die Arme weit aus.

„Jaja. Und hinten bei den Umkleidekabinen, da wohnen Mäuse, dic sind so groß.“ Der Bademeister tippt mit der Handfläche gegen sein Knie, dann tätschelt er Boris am Kopf. Der duckt sich weg und stapft wütend davon und wir, die treuen *Glorreichen Acht,* hinterher.

6

Vor ein paar Minuten hat sich Mamas letzter Patient verabschiedet. Martha hat dem alten Mann mit dem großen Katzenkorb höflich die Tür aufgehalten, dann ist es still im Wartezimmer geworden. Nur Martha und ich sind noch da.

Unsere Mama, Frau Doktor Arslan, weiß nicht, dass heute noch „zwei Patienten“ ihren Rat brauchen: Martha und ich wollen nicht lästig sein, deshalb sitzen wir wie ganz normale Tierbesitzer, die darauf warten mit ihren Lieblingen aufgerufen zu werden, im Vorzimmer der Praxis. Während Martha und ich in den aufgelegten Tiermagazinen blättern, hören wir durch den Türspalt, wie Mama ihre Ordination aufräumt und dabei vergnügt vor sich hin singt. Mama liebt Musik. Altmodisches Gedudel mit Geigen, genauso wie neue Hits mit schrillen Gitarrensolos. Und vielleicht wäre sie heute eine berühmte Sängerin, wenn sie sich als junge Frau nicht dazu entschlossen hätte, Tierärztin zu werden.

„Nanu!", ruft sie überrascht, als sie die Tür zum Wartezimmer öffnet und uns vorfindet. „Und ich dachte schon, für heute sei Schluss. Na, ihr zwei? Was ist denn so wichtig, dass ihr mich hier in der Praxis besucht?"

„Es ist so …", starte ich, aber Martha ist schneller: „Boris hat heute im Gebüsch im Schwimmbad ein Tier gesehen. Eine riesige Echse, sagt er. So groß wie sein ausgestreckter Arm, sagt er."

„So groß", wiederholt Mama, zieht eine Augenbraue hoch und sagt: „Boris also, aha. Und habt ihr dieses Tier auch gesehen?"

„Eben leider nicht", bedauert Martha. „Aber wir glauben Boris, obwohl er oft übertreibt und alles doppelt so groß sieht, als es wirklich ist. Und jetzt fragen wir uns, ob es denn sein kann, dass es hier so eine Echse …"

Weiter kommt meine Schwester nicht, denn in dem Moment schneit noch ein unerwarteter Gast in die Tierarztpraxis: Papa.

„Oha!", staunt er. „Ein geheimes Treffen, zu dem ich nicht eingeladen bin? Dreht es sich dabei womöglich um meinen Geburtstag nächste Woche? Ach, ihr müsst mir doch nichts schenken, Kinder!“

„Brrrrrr, hooo“, bremst ihn Mama, als wäre Papa ein wildes Pony. „Nein, ausnahmsweise dreht es sich bei unserer kleinen Besprechung nicht um dich.“

„Nicht?“ Papa macht ein beleidigtes Gesicht. „Schade, ausgesprochen schade, kann ich da nur sagen. Denn was gibt es Schöneres als eine anstehende Geburtstagsfeier? Ein kleines Fest mit einem herrlich duftenden Marmorkuchen, stimmungsvollem Kerzenlicht, selbst gebastelten Geschenken, künstlerischen Zeichnungen und –“

„Riesenechsen“, unterbricht ihn Mama und bemüht sich ernst zu bleiben.

„Rie…?“

„Du hast schon richtig gehört“, sagt Mama und erklärt: „Boris will so eine im Schwimmbad gesehen haben. Und unsere wissbegierigen Kinder fragen sich nun, wie und ob es möglich ist, dass solch fremdartige Reptilien bei uns in der Gegend herumlaufen.“

„Aha“, tönt Papa und macht große Augen. „Und was meint unsere Expertin dazu?“

„Schwer zu sagen“, antwortet Mama und überlegt. „So wie Boris es beschrieben hat, tippe ich auf einen

Leguan. Hin und wieder kommt es schon vor, dass sich jemand so ein Tier hält zu Hause."

„Ist das denn erlaubt?", will Martha wissen. „Kommt ganz darauf an", sagt Mama. „Wenn man sie gut hält, ist es kein Problem. Aber leider sind nicht immer alle Tierliebhaber solchen Aufgaben gewachsen. Weil der Umgang mit Reptilien besondere Kenntnisse erfordert und natürlich auch viel Arbeit mit sich bringt. Nicht jeder ist sich dieser Verantwortung bewusst. Und manch einer drückt sich davor, indem er sein Tier einfach irgendwo aussetzt und sich selbst überlässt."

„So eine Gemeinheit!", schimpft Martha. Auch Papa schüttelt entrüstet den Kopf.

Ein paar Sekunden sehen wir einander stumm an. Dann hat Mama eine Idee: „Doktor Hutsteiner! Der ist zwar schon seit einem halben Jahr im Ruhestand, aber vielleicht hat er etwas gehört und weiß mehr."

Simons Opa, der Doktor Hutsteiner, war früher auch Tierarzt. Aber im Gegensatz zu Mama kümmerte er sich um Großvieh, also um Pferde, Kühe, Schweine und solche Tiere. Mama wählt seine Nummer und gespannt lauschen wir ihrem Gespräch.

„Hallo, Doktor Hutsteiner? Hier Leyla Arslan. Ah, was? Sie haben meine Stimme gleich erkannt? Ja, das ist eine ganze Weile her. Oh ja, Sie haben recht, wir waren schon per Du. Also Rudi, was ich dich gerne fragen wollte …"

Eine Viertelstunde später sitzen Martha und ich auf dem Treppenabsatz vor dem Haus. Die letzten Sonnenstrahlen wärmen unsere Wangen und tauchen ringsum alles in orangerotes Abendlicht. Jip hat sich zwischen unsere Beine gedrängt, stupst uns mit der Nase an, um von Martha und mir die doppelte Streichelportion einzufordern.

„Schade", sagt Martha und seufzt ihr berühmtes Seufzen. „Viel schlauer als zuvor sind wir jetzt aber nicht, hm?"

„Stimmt. Sind wir nicht. Blöd, dass der Hutsteiner auch nichts wusste. Aber immerhin will er sich umhören."

„Und Papas Geburtstag?", wechselt Martha das Thema. „Was zeichnest du ihm diesmal?"

„Weiß nicht. Hast du schon was?"

„Nope", sagt Martha. „Nichts, außer zehntausend Hundehaare auf der Hose."

7

„Können wir nosch mal in dein Handy schauen“, nuschelt Mischa, den Mund voller Zahnpasta, als wir am Abend nebeneinander im Bad stehen.

„Was willst du denn in meinem Handy sehen?“, frage ich und blicke in den Spiegel. Oh Gott, meine Nase ist so rot! Hab ich etwa einen Sonnenbrand?

„Na ja, wir könnten Bilder von großen Echsen suchen. Und ein bisschen lesen, wie die so leben und so.“ Mischa hat sich den Mund ausgespült und sitzt auf dem Badewannenrand.

„Recherchieren heißt das“, sage ich und bin stolz, dass ich mir das komplizierte Wort gemerkt habe. „Wann wünschst du dir endlich ein neues Handy?“

Mischa hat nämlich seins im Klo versenkt, und zwar ziemlich rasch, nachdem wir es zu unserem zehnten Geburtstag bekommen hatten. Seitdem hat er nicht den Wunsch nach einem neuen geäußert, irgendwie fehlt es ihm wohl nicht. Und natürlich antwortet er mit „Ich brauch eh keins“ und muss selber grinsen.

„Klar brauchst du keins, du fragst ja ständig mich, ob wir was nachschauen können.“

„Jetzt wird nichts mehr nachgeschaut, meine Herrschaften!“ Papa steht in der Tür und treibt uns mit ausgebreiteten Armen aus dem Badezimmer. „Zähne geputzt? Hände und Ohren gewaschen?“

„Jawohl“, sagen wir wie aus einem Mund und verdrehen die Augen. Papa vergisst manchmal, dass wir keine Babys mehr sind. Und dann fragt er auch noch: „Geschichte oder selber lesen?“

„Selber lesen“, sage ich und höre gleichzeitig Mischa „Geschichte“ rufen.

Papa grinst und wuschelt Mischa durchs Haar: „Na gut, ihr habt mich überredet.“

Papa liebt es nämlich, sich Geschichten auszudenken, und seit wir klein sind, erzählt er uns eine große, zusammenhängende Geschichte. Einer von uns darf immer drei neue Wörter sagen und daraus bastelt Papa ein Abenteuer, von dem er selber nicht weiß, wie es weitergeht. Und ich muss zugeben, Papa kann das ziemlich gut. Es ist spannend und witzig und ich kann verschmerzen, dass ich heute nicht mehr bei meinem *Harry Potter* weiterlesen kann.

„Echse – Schwimmbad – Pistazieneis“, sagt Mischa und wir kuscheln uns in mein Bett. Und dann fabuliert der Herr Redakteur vom Abenteuer einer Riesenechse, die über den Schwimmbadzaun klettert, um die Eistruhe aufzubrechen. Doch als ihr Lieblingseis aus ist, nämlich Pistazie, wird sie zornig und zwickt den Bademeister ins Bein und alle Badegäste machen sich auf die Jagd.

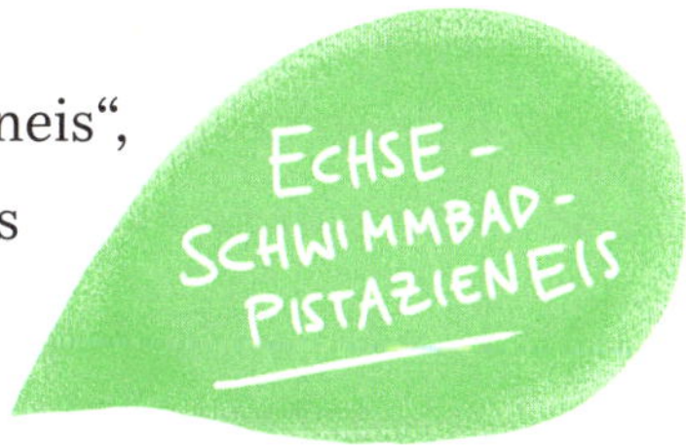

Jip liegt am Fußende des Bettes und hört ebenfalls aufmerksam zu, da stelle ich mir gerade eine Riesenechse in unserem Garten vor. „Sag mal, Papa, Hanna und Henriette, sind die eh sicher in ihrem Schuppen?“

„Na klar, Martha, was glaubst denn du? Hühner gehen immer mit Einbruch der Dunkelheit in den Stall und machen es sich da gemütlich. Denen passiert nichts. So. Geschichte aus, jetzt wird geschlafen, es ist schon spät.“

Papa drückt mir einen Kuss auf die Nase, Mischa verschwindet in sein Zimmer und ich liege im Bett und starre in die Dunkelheit. Zum Glück bleibt Jip bei mir, denn irgendwie finde ich es heute ein bisschen unheimlich. Papa hat das Fenster einen Spalt offen gelassen. Ich höre den Wind in den Bäumen und sehe den Vollmond über dem Wald. Mir fällt ein, wie wir dieses schreckliche Heulen gehört haben, gleich nachdem wir hier eingezogen sind. Damals haben wir unsere Bande gegründet, wir haben uns auf die Suche nach einem Wolf gemacht und sind mit Jip zurückgekommen, der jetzt wohl mein Unbehagen spürt. Er liegt nicht, wie sonst immer, zusammengekringelt am Fußende, nein, er schmiegt sich lang ausgestreckt an meine Seite.

Durchs offene Fenster weht ein kühler Luftzug und plötzlich setzt sich ein Gedanke in meinen Kopf und ich kann nicht mehr aufhören, ihn zu denken. Ich stehe auf, schleiche aus dem Zimmer und auf Zehenspitzen die Treppe runter. Zum Glück weiß ich inzwischen, welche der alten Holzstufen knarren, über die mache ich einen großen Schritt. Mein Ziel ist die Küche, wo mein Handy in der Ladestation steht.

Kein Handy im Bett!, sagen Mama und Papa immer, da sind sie ausnahmsweise mal einer Meinung. Das blaue Licht sei schlecht für den Schlaf und man finde zu aufregende Dinge vor dem Einschlafen, erklären sie.

Aber das, was mir gerade eingefallen ist, ist so wichtig, das kann einfach nicht bis morgen warten. Während ich die leisen Stimmen von Mama und Papa aus dem Wohnzimmer höre, tippe ich rasch in die Suchmaschine: *Welche Temperatur braucht ein Leguan zum Leben?* Ich lese seltsame Dinge, wie zum Beispiel, dass Leguane von Bäumen fallen können, wenn es zu kalt ist.

„Ja, was ist denn hier los?“ Ich lasse das Handy vor lauter Schreck fallen und drehe mich um. Mama steht in der Küchentür und hat diese kleine Zornesfalte auf der Stirn. So eine Falte bekomme ich auch immer, wenn ich mich ärgere.

„Ich … ich … konnte nicht schlafen, weil es hat ja nur zehn Grad draußen und da dachte ich … die Riesenechse … ich mein … das ist doch viel zu kalt für so ein Tier …“

„Ach Martha“, seufzt Mama. „Wahrscheinlich hat sich Boris das wirklich nur eingebildet. Mach dir keine Sorgen!“

„Ja, aber wie ist das denn jetzt mit den Echsen, wenn es kalt ist? Da steht, sie können von Bäumen fallen.“

„Echt?“ Mama runzelt die Stirn. „Weißt du was, du gehst jetzt wieder ins Bett und schläfst. Am Montag fahren wir in den Buchladen und kaufen uns ein Buch über Reptilien. Dann können wir alle was lernen, okay?“

Und das „Okay“ klingt so, dass klar ist: Widerspruch ist zwecklos. Ich lege das Handy zurück und mache mich auf den Weg in mein Zimmer. Bevor ich unter die Decke schlüpfe, schließe ich schnell mein Fenster und versuche nicht mehr an Echsen im Wald zu denken. Ich muss mir ja auch noch was für Papas Geburtstag überlegen.

8

Manchmal frage ich mich, wie lange ich es noch schaffe, ohne ein Handy auszukommen. Speziell dann, wenn Martha mit den Augen rollt und laut aufstöhnt, weil ich sie hin und wieder bitte, mir ihres zu leihen. „Geh doch zu deinem tollen Funkkasten in den Keller“, sagt sie dann, obwohl sie genau weiß, dass sich aus dem alten Gerät selten mehr als ein dumpfer Pfeifton entlocken lässt. Dabei fanden Papa und ich es anfangs ziemlich aufregend, als wir uns das Ding in einem Elektroladen kauften. Inzwischen hat sich aber herausgestellt, dass sich damit leider nicht viel anstellen lässt. Den letzten Funkspruch hat Papa ihm im vergangenen Winter entlocken können, seitdem ist der Kasten still und hat inzwischen wohl vollkommen seinen Geist aufgegeben.

Auch Boris hat wegen meines altmodischen Hobbys Witze über mich gerissen. *Höhlenmensch* hat er mich genannt, aber inzwischen bewundert er meine Sturheit, ohne ein eigenes Handy auszukommen. „Ehrlich, Mischa. Was du alles auf dich nimmst, bloß weil du dich davor fürchtest, dass sich das Pech mit deinem alten Handy wiederholen könnte." Boris hat leicht reden. Er hat ja noch nie etwas aus einer Kloschüssel fischen müssen. Eines habe ich seit dem Vorfall jedenfalls gelernt: Stur zu sein ist ziemlich anstrengend. Beinahe so anstrengend, wie einen Brief zu schreiben.

Gestern Abend habe ich mich vor dem Schlafengehen hingesetzt, um Aygül von unserem Erlebnis mit der Echse zu berichten. So wie wir das eben machen, seit ich kein eigenes Handy mehr besitze. Wir schreiben uns. Uraltmodisch, mit Füllfeder auf Papier. Auf diese Weise sind schon einige Briefe zwischen Wien und Krähfeld hin und her gewandert. Aygüls Nachrichten duften immer ein bisschen nach Blumen. Meine dagegen eher nach Leberwurst oder Mayonnaise. Komischerweise meldet sich mein Magen meistens dann, wenn ich mich auf etwas anderes konzentrieren sollte.

Wenn mir nichts mehr einfällt, was ich Aygül schreiben könnte, zeichne ich oft etwas unter die

Zeilen: Jip, wie er auf dem Teppich vor Marthas Bett schnarcht und von einem riesigem Dinosaurierknochen träumt. Oder Henriette und Hanna, wie sie sich auf Papas Bürosessel aufplustern.

Diesmal habe ich für Aygül einen Godzilla gezeichnet. Godzilla kennt in Japan jedes Kind, obwohl es so einen feuerspeienden Riesendino in Wirklichkeit gar nicht gibt. Aber als Martha und ich uns gestern auf dem großen Bildschirm in Papas Büro im Internet über große Echsen schlaumachen durften, ist zwischen all den echten Tierfotos eben auch ein Bild von Godzilla aufgetaucht. Ich fand, dass es ziemlich gut zu Boris' Beschreibung von der Schwimmbadechse gepasst hat. Martha aber hat nur den Kopf geschüttelt und mir einen Vogel gezeigt. „Unsinn", hat sie gesagt. „So groß wie ein Hochhaus soll dieser hässliche Dino sein? Wer bitte schön denkt sich denn so was aus?"

Und heute habe ich, während der großen Pause, Boris meine Zeichnung von Godzilla gezeigt. Er hat die Augen weit aufgerissen und gemeckert, dass ich ihn nicht ernst nehmen würde. Erst als Martha ihm auf dem Handy das Bild von einem Leguan unter die Nase gehalten hat, hat er sich wieder beruhigt und gemeint: „Ja, das trifft es besser. So ein Tier könnte das im Schwimmbad gewesen sein."

Nach dem Unterricht ging es mit dem Schulbus wieder ab nach Hause. Mama und Papa waren nicht da, zum Mittagessen gab es Käsebrot. Martha nahm ihren Teller mit auf ihr Zimmer, ich verkrümelte mich in meines. Und genau dort sitze ich nun schon seit einer ganzen Weile und überlege, womit ich Papa zum Geburtstag eine Freude machen könnte. Okay, eine Zeichnung geht immer. Bequemer wäre es, ihm ein Geschenk zu kaufen. Ob neun Euro und siebenundfünfzig Cent dafür reichen? Mehr habe ich nicht in meinem Sparhamster, aber vielleicht legt Martha etwas dazu? Notfalls könnten wir Mama bitten, ob sie uns etwas Geld leiht, falls wir später im Einkaufszentrum ein passendes Geschenk für Papa finden. Aber davor geht es in die Buchhandlung. Das ist längst beschlossene Sache und niemand freut sich mehr darüber als Martha. Deshalb hat sie vorhin auch so fröhlich gepfiffen, als sie in ihr Zimmer ging. Für meine Schwester gibt es nichts Schöneres als Bücher. Ich glaube, sie würde sogar am liebsten in einer Buchhandlung wohnen.

Und so viel wie Martha liest, wundere ich mich, dass ihr Kopf nicht doppelt so groß ist, denn irgendwo hinter ihrer Stirn muss sie ja all die vielen Sätze, Wörter und Buchstaben unterbringen.

Ich mag auch Bücher, vor allem, wenn vorne drauf etwas Spannendes abgebildet ist. Ein Umschlag ist für mich wie die Tür zu einem Haus. Vielleicht der Eingang zu einer Ritterburg oder einem Dinopark. Vielleicht führt die Tür auch in ein Land, wo Kinder herrschen und Erwachsene ihnen folgen müssen. Oder die Tür führt nach …

„Martha, Mischa!“, weckt mich Mamas Singsang-Stimme aus meinen Träumen. Martha und ich stolpern übereinander, als wir aus unseren Zimmern stürmen. Jip ist mit dabei, drängt sich vor und läuft mit wedelndem Schwanz die Treppen hinunter. „Praktisch!“, sagt Martha. „Seit wir Jip haben, ist unser Stiegenhaus immer frisch gefegt.“

Mama sitzt schon im Auto, als wir in den Hof laufen.

„Ich sitz vorne!“, ruft Martha.

„Nein, ich!“

„Ich!“

„Das will ich sehen!“

„Wirst du auch!“

Mama schüttelt den Kopf. „Wenn ihr nicht auf der Stelle aufhört zu streiten, lasse ich euch daheim und fahre allein los. Also, wie ist es? Wer gibt als Erster nach, wer von euch beiden ist der oder die Klügere und steigt hinten ein?“

Während ich noch überlege, schlüpft Martha auch schon auf den Beifahrersitz, macht sich neben Mama breit und sagt großzügig: „Na, von mir aus, weshalb soll nicht einmal Mischa der Klügere von uns sein?“

9

„Dürfen Hunde in die Buchhandlung?“, frage ich, da zieht mich Jip auch schon durch die Tür und sieht sich schwanzwedelnd um.

Hinter dem Ladentisch steht eine Frau und lächelt uns freundlich an. Sie sieht aus wie Mama, nur mit hellen Haaren. Also, natürlich sieht sie nicht aus wie Mama – niemand sieht aus wie Mama –, aber irgendwie trotzdem. Sie strahlt und schaut total lieb aus, und obwohl ich sie das erste Mal sehe, habe ich das Gefühl, ich kenne sie schon lange.

„Wenn er kein Problem mit meinem Carlos hat“, sagt die Frau und zeigt auf eine schwarze Katze, die auf einem Sofa liegt und langsam ihren Schwanz hin und her bewegt.“

„Unser Jip hat mit niemandem ein Problem, da könnte auch ein Tiger liegen“, antwortet Mama und streckt der Frau die Hand entgegen. „Hallo, ich bin Leyla Arslan, die neue Tierärztin. Wir haben uns noch gar nicht kennengelernt."

„Das freut mich sehr, ich bin Iris Flieder, die alte Buchhändlerin", sagt sie lachend und ich bleibe mit offenem Mund stehen und starre sie an. Iris Flieder. Von wegen alt. Wie kann man nur Iris Flieder heißen und dann auch noch so schön sein? Mischa stupst mich in die Seite und flüstert: „Was ist denn mit dir los? Hast du Godzilla in echt gesehen oder was hat dir die Sprache verschlagen?"

„Und das sind meine Kinder, sie möchten ein Buch über Reptilien. Haben Sie so was?" Mama plaudert einfach drauflos und da erwache auch ich aus meiner Erstarrung. „Hallo, ich bin Martha. Und hätten Sie vielleicht auch noch den vierten Band von *Harry Potter?*"

„Oh – ein Potter-Fan, wie schön!" Die Buchhändlerin begleitet uns zu einem Regal und zieht ein dickes Buch heraus. „Reptilienbücher hab ich auch, aber sagt mal, was braucht ihr denn da? Ist es für ein Referat in der Schule?"

„Nein, es interessiert uns einfach", antwortet Mischa und Mama übernimmt wieder. „Einer ihrer

Freunde hat in einem Gebüsch eine große Echse gesehen", sagt sie und wirft uns einen Blick zu.

„Wie groß? Sehr groß?", fragt die Buchhändlerin, zieht ein weiteres Buch aus einem anderen Regal und hält es uns vor die Nase. „Dann braucht ihr vielleicht dieses hier."

Handbuch der Drachen und Einhörner steht auf dem Umschlag, aber als Iris Flieder mich ansieht, legt sie es schnell weg und ihr Lächeln verschwindet. Ich kann nämlich ziemlich böse schauen.
So mit Augenfunkeln und meiner tiefen Zornesfalte auf der Stirn. Meine Immer-schon-beste-Freundin Johanna aus Wien hat einmal gesagt: „Martha, wenn du dich ärgerst, siehst du echt zum Fürchten aus."

Da klettert Iris Flieder flink auf eine Leiter und fischt von ganz oben ein dickes Buch herunter.
„Es gibt kein Kriechtier, was ihr darin nicht findet."

„*Reptilien und Amphibien Europas*", liest Mischa vor und Mama schaut ein bisschen skeptisch.
„So ein dickes Buch? Um 35 Euro? Wegen einer kleinen Kröte?", sagt sie.

„Mama, das war keine Kröte! Du hast das Tier doch gar nicht gesehen." Jetzt schaut auch mein Bruder böse.

„Du doch auch nicht“, erwidert Mama.

„Aber Boris hat es gesehen. Und wir glauben ihm. Und deswegen müssen wir rescher … oder wie das heißt … also nachsehen, was das gewesen sein könnte. Ich brauch dieses Buch! Und Martha braucht es auch!“

„Recherchieren“, sage ich leise und dann höre ich Mama kichern. „Hast du das gehört, Martha! Dein Bruder hat einen Satz gesagt, von dem ich nicht geglaubt hätte, ihn jemals zu hören. ‚Ich brauch dieses Buch.‘“

„Ihr habt echt Glück, dass ich es schon wieder nachbestellt habe“, sagt die Buchhändlerin. Letzte Woche war nämlich jemand im Laden, der hat alles zum Thema Reptilien, Schlangen und Echsen gekauft. Einfach alles! Und dann hat er noch wahnsinnig viele Bücher bestellt.“

„Echt? Vielleicht hat der jemand auch etwas gesehen?“ In mir erwacht der Spürsinn.

„Er hat nicht viel geredet“, sagt Iris Flieder nachdenklich. „Ein seltsamer Kerl, aber egal. Braucht ihr sonst noch was?“

Mama hat sich inzwischen für einen historischen Roman entschieden und für Papa einen Krimi ausgesucht. „Jetzt ist es auch schon egal“, meint sie. „Bei Büchern darf man nicht sparen.“ Die Buchhändlerin tippt alles in die Kassa, nimmt von Mama das Geld und packt alles in ein Papiersackerl, dann schaut sie uns fragend an. „Wo habt ihr denn die Kröte gesehen?“

„Es war keine Kröte“, sagen Mischa und ich wie aus einem Mund.

„Na gut“, sagt sie, „die Nicht-Kröte, wo habt ihr die gesehen?“

„Im Schwimmbad“, antworten wir.

Normalerweise fragen an dieser Stelle die Menschen immer, ob wir Zwillinge seien, aber Iris Flieder spart sich diesen Kommentar. „Sehr seltsam“, sagt sie nachdenklich. „Da fällt mir ein, mein Neffe Konstantin hat erzählt, dass die Mama seines besten Freundes beim Bärlauchpflücken im Wald eine Schlange gesehen hat.“

Mama steckt das Wechselgeld ein und nimmt den schweren Büchersack. „Na ja, eine Schlange im Wald ist ja nichts Ungewöhnliches. Schlangen leben nun mal im Wald“, sagt sie.

„Ja, aber angeblich war sie sehr groß und hatte eine auffällige Zeichnung. So gelbe Zacken. Und ich wüsste nicht, welche Schlange hier bei uns leben soll, die groß ist und gelbe Zacken hat.“

In meiner Fantasie sieht Boris’ Echse nun schon fast wie ein Dinosaurier aus und die Schlange von diesem Konstantin ist in meinem Kopf so groß wie die böse Schlange Kaa aus dem *Dschungelbuch*. Ich glaube, ich gehe nicht mehr so schnell in den Wald. Nur blöd, dass unser Haus mitten im Wald steht.

10

Ich liege längst schon im Bett, als plötzlich leise die Tür einen Spalt aufgeht und vom Flur her ein schmaler Lichtschein ins dunkle Zimmer fällt.

„Mischa, bist du noch wach?“, flüstert Papa.

„Ja, ein bisschen, so halb. Was ist denn?“

„Na, das wirst wohl du mir erklären müssen. Da will einer von eurer Bande am Telefon mit dir sprechen. Um diese Uhrzeit!“

„Echt? Wie spät ist es denn?“

„Fast schon zehn. Also raus aus den Federn!“

Anscheinend ist Papa genauso neugierig wie ich, was es so Wichtiges gibt, das nicht bis morgen warten kann. Barfuß taumle ich ihm hinterher, reibe mir den Schlaf aus den Augen und überlege, wer mich so spät aus dem Bett scheucht, und vor allem, warum.

In der Küche rückt Papa einen Stuhl für mich zurecht. Er reicht mir den altmodischen Telefonhörer,

dessen langes Kabel sich bis zu einem Kästchen an der Wand ringelt.

„Hallo?“, sage ich. „Wer ist da?“

„Hier spricht der dunkle Fürst von Schloss Dartmoor“, raunt mir eine gruselig verstellte Stimme ins Ohr.

„Haha, du bist’s, Boris. Hast mich voll geweckt. Aber ist es nicht ein bisschen spät für einen Scherzanruf?“

„Du hast doch selbst gesagt, dass ich dich jederzeit auf dem Fettnetz anrufen kann, wenn es was Wichtiges gibt.“

Aber doch nicht mitten in der Nacht. Außerdem heißt es Festnetz, Boris. Sag, was ist denn los?“

„Es ist wegen Mareika!“

„Mareika? Was ist mit ihr?“

„Hab sie heute Nachmittag zufällig auf dem Markt getroffen. Und jetzt schnall dich an: Sie hat auch eine Echse gesehen! Zwar eine viel kleinere wie meine aus dem Schwimmbad, aber trotzdem. Mareika glaubt, dass es sich dabei um einen Gecko oder so was gehandelt hat.“

„Und wo soll das gewesen sein?“

„Bei ihr zu Hause auf dem Recyclinghof. So ein komischer Typ kam am späten Nachmittag mit seiner Kiste angefahren, hat ein paar verrostete Käfige ausgeladen, und da hat Mareika das Tier gesehen.

Es saß wie aufgeklebt innen auf der Heckscheibe des Wagens. Erst hat sie gedacht, das Tier wäre aus Gummi, ein Spielzeug. Aber dann hat es sich bewegt und wild mit dem Schwanz hin und her gezuckt. Mareika ist fast aus den Turnschuhen gekippt. Sie wollte den Mann wegen des Geckos ansprechen, hat sich dann aber nicht getraut, weil der ihr so einen finsteren Blick zugeworfen hat. Und? Was sagst du? – Mischa? Bist du noch dran?"

„Klar bin ich noch dran." Papa gähnt und macht Gesten, dass es Zeit ist, das Gespräch zu beenden und wieder ins Bett zu gehen.

„Ich muss Schluss machen, Papa macht schon ein Gesicht wie saure Milch. Reden wir morgen weiter."

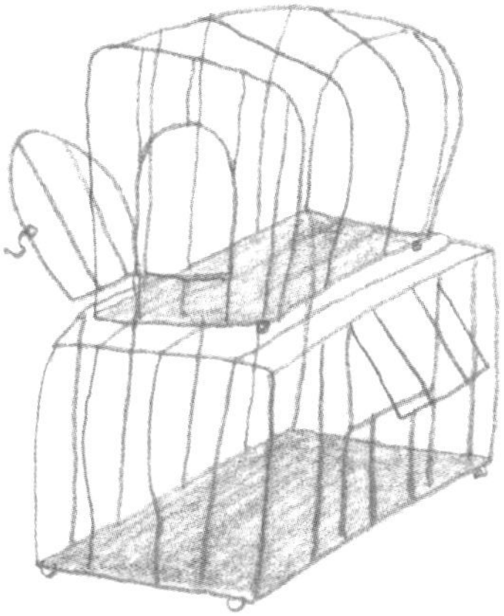

„He, sag mal …", höre ich Boris noch, aber da nimmt mir Papa den Telefonhörer aus der Hand. „Hallo, Boris!", sagt er.

„Ich bin's wieder, Mischas Papa. Ich unterbreche eure Unterhaltung wirklich äußerst ungern, aber ich denke ihr zwei Abenteurer habt für heute schon genug Neuigkeiten ausgetauscht. Außerdem ist es schon sehr spät und … nanu?"

„Was ist?", frage ich.

„Hat einfach aufgelegt", murmelt Papa und sieht mich verwundert an.

„Wahrscheinlich hat er sich in die Hose gemacht, weil du so streng gesprochen hast."

„Du brauchst gar nicht so zu grinsen, Mischa. Vor mir muss sich doch keiner fürchten", verteidigt sich Papa und will wissen: „Was war denn nun so furchtbar wichtig, dass es nicht bis morgen warten konnte?"

„Ich erzähl's dir ein anderes Mal, Papa."

„Ein anderes Mal", grummelt er. „Immer heißt es ein anderes Mal, wenn es richtig spannend wird."

„Da kannst du sehen, wie es Martha und mir immer geht, wenn du und Mama etwas allein besprechen wollt."

Wieder in meinem Zimmer blättere ich im Licht der Nachttischlampe in dem Buch, das uns Mama gekauft hat. Martha wollte sich den dicken Band eigentlich zuerst krallen, aber dann hat sie es großzügigerweise mir überlassen, als Erster darin zu forschen. Es dauert eine Weile, bis ich inmitten der vielen Seiten das Kapitel mit den Geckos finde. Mit jedem Satz, den ich lese, legt sich gleichzeitig etwas Schweres auf meine Augen. Gerade will ich das Buch aufs Nachtkästchen legen, da öffnet sich plötzlich wieder die Tür zu meinem Zimmer. Diesmal aber ist es Martha, die leise fragt: „Bist du noch wach?"

Bevor ich Nein sagen oder dagegen protestieren kann, macht sie es sich auch schon unter meiner Decke gemütlich.

„Brrr, Martha. Deine Füße sind wieder mal eiskalt, als wärst du barfuß vom Nordpol hergelaufen."

„Deine sind auch nicht viel wärmer", brummt sie. „Was war denn vorhin?"

„Vorhin? Ach so. Boris hat angerufen."

„Boris? So spät in der Nacht?"

„Mhm. Auf dem ‚Fettnetz', wie er gesagt hat. Und weil ich anderswie ja nicht zu erreichen wäre. Ich bin selber schuld, hab ihm ja die Nummer gegeben."

„Fettnetz hat er gesagt? Ernsthaft jetzt? Typisch Boris … Und was hat er gewollt?“

„Nichts weiter.“

„Nichts weiter ist mir zu wenig, Mischa. Komm, jetzt lass dir doch nicht alles aus der Nase ziehen.“

„Okay, damit du endlich Ruhe gibst: Mareika hat einen Gecko gesehen … bei ihr zu Hause, auf dem Recyclinghof.“

„Was?!“, quietscht mir Martha ins Ohr. „Und das sagst du mir erst jetzt?“

„Reg dich ab, jetzt weißt du’s ja. Ist doch früh genug.“

Aber damit ist sie nicht zufrieden. „Aufgewacht, du Schnarchsack!“, sagt sie und piekst mir mit dem Finger in die Rippen. „Ich will jetzt auf der Stelle die ganze Geschichte hören, sonst kitzle ich dich, bis dir Hören und Sehen vergehn.“

11

Obwohl Mischas ganze Geschichte gar nicht sooo aufregend war, konnte ich in der Nacht nicht gut schlafen. Er hatte mir von Mareikas Gecko im Auto erzählt, und obwohl das jetzt nicht wirklich bedrohlich klang, fand ich es so gruselig, dass ich mich nicht getraut habe, mit nackten Füßen über den kalten Holzboden zurück in mein Zimmer zu laufen. Also bin ich zu meinem Bruder ins Bett geklettert und durch meine Träume ist einiges Getier gekrochen.

Papa war ein wenig erstaunt, als er uns am Morgen in einem Zimmer angetroffen hat, und wollte unbedingt Mischa das Geheimnis des nächtlichen Telefonanrufs entlocken. Doch mein Bruder war noch schweigsamer als sonst.

Nun sitzen wir in unserem Klassenzimmer, meine Augen fallen fast zu und ich verstecke mich hinter

Kerstins Rücken, damit Professor Freudentaler mein Gähnen nicht bemerkt.

Der ist wie immer bester Laune. Er teilt die korrigierten Hausaufgabenhefte aus, hat für jeden ein bisschen Lob und aufmunternde Worte. Zu Mischa sagt er freundlich lächelnd: „Wenn du dich mit der Rechtschreibung genauso beschäftigen würdest wie mit den Zeichnungen, mit denen du deinen Aufsatz schmückst, wäre das schon ziemlich gut."

„Die Zeichnungen kommen von selbst", sagt Mischa ein wenig verlegen. „Die Wörter leider nicht."

„Jaja, ich weiß, ist schon in Ordnung." Herr Freudentaler geht wieder nach vorne, setzt sich locker auf den Rand seines Schreibtisches und holt einmal tief Luft. „Kinder, es gibt eine kleine Planänderung. Wir reden heute nicht weiter über Märchen, weil mich die Frau Direktor gebeten hat, etwas sehr Wichtiges mit euch zu besprechen."

Mir entfährt ein leises „Juhu" und der Freudentaler hebt eine Augenbraue. „Ja, Martha? Bist du endlich aufgewacht und hast etwas mitzuteilen?"

„Nein, nein, Entschuldigung", murmle ich und blättere in meinem Heft. *Ein bisschen weniger Harry Potter und mehr eigene Fantasie* hat der Freudentaler unter mein ausgedachtes Märchen geschrieben, aber immerhin hat er mir eine Zwei gegeben. Und plötzlich bin ich schlagartig wach, denn ich höre, wie er da vorne irgendwas von Schlangen im Wald redet. Er zieht ein Zeitungsblatt aus seiner Aktentasche und liest vor.

Am Sonntag, dem 18. Mai, wurde auf dem Wanderweg im Herndlwald zwischen Krähfeld und Streiningen eine große Schlange gesichtet. Laut Angaben des Herrn M., der mit seinem Hund unterwegs war, war sie zwischen einem und zwei Meter lang, hatte eine grau-bräunliche Haut mit einer auffälligen rostroten Zeichnung. Als die Schlange den Kopf hob und keinerlei Anstalten machte zu fliehen, sicherte Herr M. seinen Hund und verließ den Fundort. Das Veterinäramt ruft dazu auf, rund um den Wanderweg Vorsicht walten zu lassen und zweckdienliche Hinweise an die nächste Polizeidienststelle zu richten.

Herr Freudentaler lässt das Blatt sinken und sieht uns erwartungsvoll an. Zunächst ist es mucksmäuschenstill im Klassenraum, dann aber rufen alle wild durcheinander.

„Zwischen Krähfeld und Streiningen! Da war ich am Samstag auch unterwegs, mit meiner Oma."

„Zwei Meter, das ist ja riesig!“

„Bei uns gibt es gar keine so großen, giftigen Schlangen!“

„Gibt es wohl! Schon mal von Kreuzotter und Aspisviper gehört?“

„Ich hab mal gelesen, dass eine Schlange aus dem Klo gekommen ist …“

„Na, vielleicht in New York oder in Bogotá!“

„Du weißt ja nicht mal, wo Bogotá ist!“

„So meine Herrschaften, jetzt beruhigen wir uns alle mal wieder, okay?“ Der Freudentaler steht vor der Tafel und hebt die Arme wie ein Dirigent. „Warum erzähl ich euch das?“

„Weil das vielleicht gar nicht stimmt und Sie uns zeigen wollen, dass in der Zeitung nicht immer die Wahrheit steht“, schlägt Kerstin vor.

„Guter Gedanke, Kerstin, aber in diesem Fall stimmt es anscheinend wirklich. Es gibt sogar schon mehrere Sichtungen.“

„Damit wir vorsichtig sind“, sagen drei Buben aus der hintersten Reihe. Wir nennen sie immer nur die „Die drei Ls“ und normalerweise streiten sie, aber diesmal sind sie einer Meinung.

„Genau, Leo, Lukas und Lars. Damit ihr vorsichtig seid. Und wie ist man vorsichtig?“

Mischa vergisst trotz der ganzen Aufregung nicht auf seine gute Erziehung und zeigt auf.

„Mischa?“

„Man sollte immer Wanderschuhe tragen. Man kann mit einem Stock vor sich her wedeln. Wenn man eine Schlange entdeckt, stehen bleiben und langsam rückwärtsgehen und sich entfernen.“ Mischa macht eine kurze Pause und fährt dann leise fort: „Und wenn man gebissen wird, muss man ganz ruhig bleiben und Hilfe holen. Am besten sofort die Rettung rufen! Denn wenn die Schlange giftig ist und man sich zu viel bewegt, geht das Gift schneller ins Herz.“

Nun ist es wieder totenstill in der Klasse und alle starren meinen Bruder an, auch Herr Freudentaler. „Wow, Mischa. Ich wusste gar nicht, dass du ein Schlangenexperte bist.“

Mischa zuckt mit den Schultern und ich weiß nun, dass er wohl heute Nacht noch lange in unserem neuen Buch gelesen hat.

„Aber Herr Professor!“ Boris zeigt auf und gleichzeitig platzt es aus ihm heraus. „Ich muss noch was erzählen!“

12

Eines muss man Boris lassen: Spannend erzählen kann er! So spannend, dass ich mich gewundert habe, dass am Ende seines Vortrags keiner applaudierte. Der Leguan im Schwimmbad war plötzlich ein riesiger Drache, Mareikas Gecko schillerte – obwohl er das Tier doch streng genommen selbst gar nicht gesehen hat – in allen Regenbogenfarben. Boris übertrieb und flunkerte, was das Zeug hielt.

Schade nur, dass Mareika ihn nicht hören konnte, weil unser Bandenmitglied Nummer acht zu der Zeit in der Parallelklasse der 2d über einem Deutschdiktat schwitzte. Wäre sie dabei gewesen, hätte sie Boris sicher noch mehr bewundert, als sie es ohnehin schon tut.

Boris liebt es, im Mittelpunkt zu stehen. Deshalb macht es ihm auch nichts aus, dass er als selbst ernannter „Fachexperte für entlaufene Drachentiere“ nun sogar noch in der großen Pause Fragen von neugierigen Mitschülern beantworten muss. Dass der alte Angeber dabei kaum Gelegenheit findet, von seiner Zimtschnecke abzubeißen, geschieht ihm eigentlich ganz recht. Von mir aus soll ihm ruhig der Magen knurren. Zur Strafe, weil er vergessen hat, dass Martha und ich und der Rest der *Glorreichen Acht* zu dem Thema auch etwas sagen könnten.

Martha stupst mich von der Seite an und macht ein Gesicht, als hätte sie eben meinen Gedanken gelauscht. „Denkst du dasselbe wie ich, Mischa?“, fragt sie.

„Klar“, sage ich. „Boris tut so, als hätte nur er allein alles erlebt, und lässt uns vom ganzen Ruhm kein Stückchen übrig.“

„Das habe ich nicht gemeint“, sagt sie und flüstert mir ins Ohr: „Was anderes. Ein neuer Fall …“

„Häh?“

„Wegen diesen ganzen merkwürdigen Tieren. Irgendwer muss doch herausfinden, was es mit denen auf sich hat. Und wer könnte das besser als die Detektive der …“

„*Glorreichen Acht!*“

„Erfasst.“

Als wir uns am Ende der großen Pause wieder in Richtung Klassenzimmer aufmachen, ziehe ich Mareika zur Seite, um ihr schnell von unserem neuen Plan zu berichten. „Kein Problem. Das lässt sich machen“, sagt sie und ist sofort einverstanden. Bald darauf wandert von einem Bandenmitglied zum anderen die Nachricht, die ich zuvor heimlich unter der Schulbank auf einen Zettel geschrieben habe: *Dringend!* steht darauf. *Wichtiges Treffen der Glorreichen Acht. Treffpunkt: Heute, fünf Uhr bei Mareika. P. S.: Wer keine Zeit hat und nicht dabei sein kann, wird später informiert.*

Punkt fünf steigt Benji als Letzter mit hochrotem Kopf von seinem Fahrrad. Simon lümmelt auf dem alten Schaukelstuhl herum, den er sich im Schatten der großen Holzveranda zurechtgerückt hat.

„Unglaublich, was die Leute heutzutage alles wegwerfen“, sagt Mareika und zeigt auf die Stühle, Hocker und anderen Sitzgelegenheiten, die entlang der Wand des Recyclinghofs stehen. „Sucht euch was Bequemes aus und setzt euch zu Simon in den Schatten." Boris spielt den Muskelmann und schleppt einen schweren Polstersessel über die Treppen zur Veranda hoch. Benji hat sich einen Hocker geholt, der so klein ist, dass er aus einer Puppenküche stammen könnte. Natty, Kerstin, Martha und ich lassen uns im Schneidersitz neben Mareika auf einem ausgefransten Fleckerlteppich nieder.

„So lässt es sich aushalten", sagt Boris, streift sich die Sneakers von den Füßen und grinst breit, als hätte er einen Maiskolben zwischen den Lippen. „Fast wie auf Hawaii. Fehlt nur das Meeresrauschen."

„Von wegen Hawaii", brummelt Benji. „Da bist du doch noch nie gewesen. Und Martha und Mischa haben uns sicher nicht zusammengerufen, damit wir auf Mareikas Veranda Urlaub machen oder?"

Martha braucht nur kurz zu hüsteln und schon wandern alle Blicke zu ihr. „Also die Sache ist die …", sagt sie und fasst zusammen, was bisher geschehen ist. Zuletzt meint sie noch: „Hey, Leute, das alles kann doch kein Zufall sein. Ich meine: Echsen, Geckos, fremdartige Schlangen. Wo kommen die so plötzlich her? Da steckt doch was dahinter?"

„Vielleicht“, überlegt Natty, „sind sie aus einem Zoo entkommen? Hat ein Wärter nach dem Füttern vergessen, die Käfige wieder zu schließen – und husch ging’s ab ins Freie!“

„Einen Zoo gibt es in unserer Umgebung aber keinen“, sagt Kerstin.

„Und wenn sie aus einer Tierhandlung entlaufen sind?“, schlägt Simon vor. „In Lotmannsdorf gibt es eine.“

„Daran habe ich auch schon gedacht“, sagt Martha. „Aber die hätten das doch sicher gleich bekanntgegeben. Außerdem ist Lotmannsdorf ziemlich weit weg.“

„Da hast du auch wieder recht“, erwidert Simon. „Seltsam, das Ganze.“

Nun fällt Benji etwas ein: „Ich finde, wir sollten uns zuallererst über den Typ mit den Käfigen und dem Gecko in seinem Auto schlaumachen. So wie Mareika den Mann beschrieben hat, liegt doch auf der Hand, dass bei dem was nicht ganz stimmt.“

„Bleib mal locker,“ sagt Natty und tätschelt ihm die Schulter. „Bloß weil einer nicht grüßen mag und ein finsteres Gesicht macht, muss er doch nicht gleich …“

Benji schiebt schmollend die Unterlippe vor. „Na ja, hab ja bloß gemeint, aber wenn einer von euch eine bessere Idee hat?“

Hat aber keiner. Ratlos blicken wir einander an und warten, bis jemand einen anderen Vorschlag macht.

Schließlich sagt Simon: „Also wenn ihr mich fragt, brauchen wir einfach noch mehr *Fakten,* um dem Geheimnis auf die Spur zu kommen. Fakten, versteht ihr?“

„Fakten“, wiederholt Boris und nickt Simon ehrfürchtig zu.

Wieder ist es eine Weile still. Nur das eintönige Gezirpe einer Heuschrecke ist zu hören.

Martha richtet sich auf, klopft sich den Staub von der Hose und hüpft auf einem Bein über die Stufen der Veranda hinab. Mit der Schuhspitze schiebt sie Sand zu einem Haufen auf, streift den kleinen Hügel mit der Sohle wieder glatt und fängt noch mal von vorne an. Anscheinend hilft ihr das beim Nachdenken, denn plötzlich sieht sie zu uns auf und ruft: „Jetzt fällt’s mir wieder ein! Mischa, kannst du dich erinnern? Frau Flieder, die Buchhändlerin.“

„Ja, was ist mit ihr? Die war doch recht nett?“

„Das auch. Aber sie hat uns doch erzählt, dass da so ein Kunde besonders viele Bücher über Reptilien bei ihr im Laden gekauft hat."

„Na und, da ist doch nichts dabei?"

„Natürlich ist da nichts dabei. Ich denk mir bloß, wenn sich einer so stark für dieses Thema interessiert, dann hat das sicher einen Grund. Zumindest könnten wir den Mann fragen, ob er etwas von diesen aufgetauchten Tieren weiß oder womöglich …" Sie stockt.

„… selbst etwas damit tun hat?", bringt Benji ihren Satz zu Ende, springt von seinem Hocker auf und fährt fort: „Ja und was ist, wenn euer Typ aus dem Buchladen womöglich derselbe ist, den Mareika mitsamt seinem Gecko im Auto gesehen hat? Könnte doch sein, oder? Denn jetzt mal ehrlich: Wer fährt schon am helllichten Tag mit einem Gecko im Auto spazieren?"

Der Geckomann. Dunkle Augen, stechender Blick. Zurückgekämmtes, gegeltes Haar. Die Nase wie ein L, schmale Lippen, Doppelkinn. Nicht dick, nicht dünn, vom Alter her mittendrin. Weiters keine besonderen Auffälligkeiten. So hat Mareika uns den Mann beschrieben.

Es ist Boris, der darauf besteht, dass ich ein Phantombild von Mister Gecko zeichne. „Damit wir wissen, mit wem wir es künftig zu tun haben“, sagt er und nickt zufrieden in die Runde.

13

Wir geben das Blatt reihum. Jeder starrt ein paar Sekunden darauf. Uns verschlägt es wirklich die Sprache. Was mein Bruder da aufs Papier gebracht hat, sieht wirklich unheimlich aus.

„Dem möchte ich nicht in der Nacht begegnen." Boris durchbricht endlich die Stille, und weil es Boris ist, der das sagt, klingt es gleich noch viel dramatischer. Boris, unser Großmaul. Boris, der sich angeblich niemals vor irgendetwas oder irgendjemandem fürchtet, hat plötzlich eine ganz dünne Stimme. Ich persönlich fürchte mich ja eher vor Schlangen, Geckos und sonstigen Kriechtieren, die anscheinend rund um Krähfeld unterwegs sind.

„Und was machen wir jetzt?" Boris hat wohl selbst gemerkt, dass seine Ansage nicht so gut angekommen ist, und steht auf. „Wir werden diesen

Gauner finden“, ruft er und streckt kämpferisch eine Faust in die Luft.

„Jetzt mal langsam!“, sage ich. „Du kannst doch nicht einfach so jemanden verdächtigen. Nur weil er nicht so toll aussieht wie du.“

Kerstin lacht und Boris funkelt mich böse an. „Darum geht es doch gar nicht! Ich mein, der Typ hat Käfige ausgeladen und einen Gecko auf der Autorückbank. Das ist doch höchst verdächtig. Aber Frau Schlau weiß ja wieder mal alles besser.“

„Wie auch immer, Frau Schlau fährt jetzt nach Hause, die muss nämlich noch ihren blöden Deutschaufsatz schreiben.“ Ich stehe auf und gehe zu meinem Rad. Boris soll bloß nicht merken, wie sehr ich mich über sein *Frau Schlau* ärgere.

„Jetzt hört auf zu streiten!“, sagt Benji und schaut ganz verzagt.

„Die streiten doch gar nicht“, beruhigt Mischa ihn und legt einen Arm um seine Schulter. Jetzt wirft mein Bruder mir auch noch einen finsteren Blick zu. Na super, natürlich bin ich wieder schuld.

Aber dann hält er doch zu mir.springt er mir doch zur Seite. „Martha hat recht. Und das sag ich nicht, weil sie meine Schwester ist. Wir können nicht einfach so jemanden verdächtigen. Da bräuchten wir Beweise. Also müssen wir die Augen offenhalten."

Alle nicken, auch Boris schaut wieder ganz sanft.

„Ich würde vorschlagen, wir fahren jetzt alle nach Hause. Und am Samstag radeln wir durch die Umgebung und schauen uns die Krähfelder Häuser ein wenig genauer an", sage ich und schwinge mich aufs Rad. „Seid ihr dabei?"

„Und was erwartest du dir davon?", erwidert Boris. „Meinst du, da winkt irgendwo eine Schlange aus dem Fenster?"

„Wir achten auf seltsames Licht, vergitterte Fenster, finstere Gestalten, aber wenn du eine bessere Idee hast, bitte schön." Manchmal kann er einem echt auf die Nerven gehen, unser Besserwisser Boris.

„Ich weiß noch nicht, ob ich mitkommen kann, wir wollten meine Oma besuchen", wirft Benji ein, „aber ihr könnt ja ausnahmsweise mal etwas ohne mich machen, oder?"

„Sicher, Benji. Wir werden dir alles berichten. Wer weiß, vielleicht musst du ja wieder wo reinklettern, wie damals in den Hühnerstall", sagt Simon und gibt unserem Kleinsten einen Klaps.

„Ich klettere sicher nicht in ein Schlangenhaus, das kannst du vergessen!“ Benji schüttelt wie wild seine blonden Locken.

Der Weg nach Hause führt Mischa und mich ein Stück durch den Wald. Ich strample ganz schnell und schaue weder links noch rechts. Ich will keine Schlange sehen und auch keinen Leguan, nicht mal einen Salamander. Als wir um die letzte Kurve vor unserem Haus biegen, fällt mir sofort die große Leiter auf, die an unsere Veranda gelehnt ist. Vor dem Haus auf der Bank sitzt Papa und macht kein glückliches Gesicht. Aus dem geöffneten Küchenfenster schallt laute Opernmusik, ein Zeichen dafür, dass Mama kocht. Mama kann nur mit lauter Opernmusik kochen.

„Hallo, Papa!“, rufen wir und Papa hebt den Kopf und sagt: „Hallo M und M. Wo kommt ihr denn her?“

„Ach, wir waren bei Mareika und haben so ein bisschen überlegt, wie wir mit den Sch… –“, rufe ich, während ich mein Fahrrad auf die Wiese werfe.

„Deutschaufsätzen, wollte Martha sagen“, fällt mir Mischa ins Wort. „Wie wir mit den Deutschaufsätzen weitertun.“

„Du wolltest jetzt aber nicht das verbotene Sch-Wort sagen“, sagt Papa und klopft mit der Hand auf die Bank neben sich. „Kommt mal kurz her, wir müssen was besprechen.“

„Ja? Ziehen wir schon wieder um?“, frage ich und setze sofort mein finsterstes Gesicht auf. „Diesmal komm ich aber nicht mit, das könnt ihr vergessen.“

„Ach Martha!“ Papa schaut mich ganz erstaunt an. „Wir ziehen doch nicht um. Es ist doch ganz wunderbar hier, oder?“

„Wunderbar, fabelhaft und grandios“, sagt Mischa und wir lachen beide.

Und dann beginnt Papa über die Schlange auf dem Wanderweg im Wald zu reden und ich merke genau, dass er sich Sorgen macht, aber nicht will, dass wir merken, dass er sich Sorgen macht.

„Wir haben in der Schule schon darüber gesprochen“, sage ich und Mischa erklärt Papa, dass wir davon überzeugt sind, dass die Riesenechse im Schwimmbad und die Schlange im Wald irgendwie zusammenhängen.

„Hm, ich weiß nicht so recht.“ Papa schüttelt den Kopf. „Das klingt ja so, als wäre irgendwo eine ganze Reptilienabteilung ausgebrochen.“

„Ja, und dann war da noch der Gecko im Auto“, murmelt Mischa nachdenklich.

„Welcher Gecko im Auto?“, fragt Papa nach.

„Na, weißt du noch, als Boris mich so spät am Abend angerufen hat“, fährt Mischa fort.

Und Papa sagt ganz ungeduldig: „Natürlich weiß ich das noch.“

„Da hat er erzählt, dass Mareika einen Gecko in einem Auto gesehen hat.“

„Einen Gecko? In einem Auto?“ Papa schüttelt den Kopf. „Dieser Boris hat ja schon eine blühende Fantasie.“

„Wir glauben ihm!“, ruft Mischa ganz entrüstet. „Vielleicht gibt es ja noch mehr Tiere irgendwo. Und deswegen wollen wir auch am Samstag ein wenig rum… –“ Ich trete Mischa gegen das Schienbein und er stöhnt auf.

„Am Samstag wollen wir ein wenig Fußball spielen“, vollende ich den Satz. „Auf dem Fußballplatz gibt es sicher keine Schlangen, da ist ja frisch gemäht.“

„Gut, dann wisst ihr eh Bescheid. Bitte seid vorsichtig, geht im Wald nicht durchs Unterholz, fährt am besten flott mit dem Fahrrad durch.

Und passt auf Jip auf. Nicht, dass er glaubt, er kann sich mit einer Schlange anfreunden. Und vergesst meinen Geburtstag nicht!" Papa steht auf. „So und jetzt wollen wir mal schauen, was Mama gezaubert hat. Sie wollte heute unbedingt kochen."

Ich springe von der Bank auf, klettere ein paar Sprossen die Leiter rauf und schaue auf Papa und Mischa runter. „Papa?"

„Ja?"

„Was wolltest du mit der Leiter?"

„Ich wollte das Verandadach reparieren. Das hat ein paar Löcher vom Hagelsturm letzte Woche."

„Du?!", rufen Mischa und ich wie aus einem Mund. Und ich bin ganz sicher, wir haben auch beide dasselbe Bild im Kopf: unseren Papa, von oben bis unten eingegipst, in einem Rollstuhl sitzend. Denn unser Papa ist schlau, lieb, kann super schreiben und Geschichten erzählen, ein bisschen zeichnen, fabelhaft kochen, aber: Er ist der größte Tollpatsch auf der ganzen Welt.

„Ja! Ich. Es ist in der ganzen Umgebung kein Dachdecker zu bekommen, viele Dächer haben Sturmschäden. Dann wollte ich es halt selber machen. Das kann ja nicht so schwer sein."

„Hm. Und warum sitzt du dann hier auf der Bank und schaust grantig?“

„Weil eure Mama mir verboten hat, auf die Leiter zu klettern. Sie ist einfach manchmal ein bisschen überängstlich.“

Und wie auf ein geheimes Zeichen schmettert Mama aus dem Küchenfenster: „Essen ist fertig!“, und ihre Stimme ist eine Spur lauter als die Arie, die sie gerade hört.

14

Krähfeld ist ein kleines Nest. Mit einer großen Stadt wie Wien lässt sich der Ort kaum vergleichen. Hier ist alles schön übersichtlich. Inzwischen sind wir schon dreimal auf der Hauptstraße bis zum Marktplatz hin und danach wieder zurück geradelt. Dabei haben wir auch die kleinen Seitengassen nicht ausgelassen – ohne den geringsten Erfolg. Weit und breit gab es nichts Verdächtiges zu entdecken. Und Mister Gecko ist uns erst recht nicht über den Weg gelaufen.

Benji steigt vom Fahrrad, stellt es an eine Hauswand und meint verdrossen: „Da hätte ich ebenso gut mit zur Oma fahren können." Seine Mama hat ihm zuletzt dann doch erlaubt, daheim zu bleiben, um mit uns auf die Suche zu gehen. Und jetzt sagt er das, was ich mir auch denke: „Mir brennen schon die Augen vom vielen Herumschauen. Außerdem weiß ich noch immer nicht genau, was wir eigentlich suchen."

„Benji hat recht", sagt Boris und steigt nun ebenfalls vom Rad. „Wir haben beinahe schon in jedes Fenster einen Blick geworfen, aber mehr wissen wir jetzt auch nicht, oder?"

„Klüger ist man immer erst hinterher", sagt Kerstin und zuckt mit den Schultern. „Sagt jedenfalls immer unsere Mama. Stimmt doch, Natty?"

Natty zieht die Augenbrauen hoch und nickt. „Wisst ihr was?", sagt sie. „Mir wäre jetzt nach Pistazie, Zitrone und …"

„Erdbeereis?", schlägt Mareika vor. „Oder lieber Himbeer, Kaffee, Vanille?"

„Ganz egal", antwortet Natty, „Hauptsache schön kalt."

Kerstin schlägt vor, dass wir zum Einkaufszentrum fahren könnten. „Da gibt es eine Konditorei und die haben auch Eis. Wenn wir schnell in die Pedale treten, schaffen wir es in zehn Minuten. Na, was haltet ihr von dem Vorschlag?"

Boris schüttelt den Kopf. „Ohne mich. Auf dem riesigen Parkplatz vor dem Einkaufszentrum gibt es nirgendwo den kleinsten Schatten oder eine Bank, auf der man gemütlich sitzen und Eis essen kann. Und der Asphalt ist so heiß, als würde darunter ein Feuer brennen."

„Stimmt", schnauft Benji und fährt sich mit der Hand über die feuchte Stirn. „Brutal heiß ist es da."

Martha macht ein enttäuschtes Gesicht. „Und was wird aus unserem Fall?", fragt sie. „Irgendwas muss man doch machen. Von allein wird sich das Rätsel mit den Tieren jedenfalls nicht lösen."

Simon weicht ihrem vorwurfsvollen Blick aus, schaut stattdessen auf seine Uhr. „Schon fünf", sagt er. „In einer halben Stunde beginnt im Fernsehen das Fußballspiel. Das wollte ich mir eigentlich ansehen."

„Und ich …", meldet sich Mareika. „Ich sollte langsam auch wieder nach Hause. Ich habe Papa heute Morgen versprochen, ihm beim Aufräumen der neuen Lieferung zu helfen. Ihr wisst ja, er hat ein kaputtes Bein und schafft das nicht allein."

„Wenn du willst, komme ich mit", antwortet ihr Boris. „Ich habe heute nichts mehr vor und helfe euch gerne bei der Arbeit." Mareika lächelt dankbar. „Das ist lieb", flötet sie leise, winkt Boris an ihre Seite und schon radeln die beiden los.

„Und unser Papa hat heute Geburtstag“, erinnere ich Martha, dass es auch für uns allmählich Zeit ist, wieder nach Hause zu fahren. „Mama hat inzwischen sicher alles für Papas Lieblingsspeise vorbereitet. Pizza mit viel Sardellen und noch mehr grünen Kapern drauf. Außerdem soll ein Überraschungsgast kommen. Ich bin gespannt, wer das sein könnte.“

Iris Flieder, die Buchhändlerin, ist es, die uns mit einem fröhlichen Hallo begrüßt, als Martha und ich in die Küche stürmen. Obwohl Mama die Buchhändlerin erst seit Kurzem kennt, plaudern sie so lustig miteinander, als wären sie schon seit jeher beste Freundinnen. Zuerst lassen Martha und ich natürlich Papa hochleben. Ich drücke den Herrn Redakteur so fest an mich, dass ihm vor Freude die Augen nass werden und die Brille feucht beschlägt. Von Martha bekommt er drei Küsschen auf die Wange gedrückt. Dann setzen wir uns alle um den festlich gedeckten Tisch, wo auch die Geschenke liegen. Mama hat uns geholfen, das Schreibset, das Martha und ich für Papa ausgesucht haben, schön einzupacken. Aber noch etwas anderes liegt auf dem Tisch: mein Phantombild vom Geckomann.

Mama sieht mein erstauntes Gesicht und sagt: „Das Kunstwerk hast du auf dem Beistelltisch bei der Garderobe liegen lassen. Sag, wer ist der fremde Mann auf deiner tollen Zeichnung?“

„Ach, niemand Besonderer. Wir nennen ihn den Geckomann, weil er –“ Aber in dem Moment verbietet mir Marthas strenger Blick weiterzureden.

„Ja, weil?“

„Na, weil dieser Typ eben so ein Tier in seinem Auto hatte.“

Martha schnappt verärgert nach Luft, aber Papa lacht. „Ach, ihr Zwei!“, sagt er. „Was ihr immer für Geschichten mit nach Hause bringt. Trotzdem finde ich es recht spannend, dass Frau Flieder, also Iris, als sie vorhin deine Zeichnung betrachtet hat, sich sofort an einen Kunden erinnert hat, der bei ihr im Geschäft schon öfter Bücher zum Thema Reptilien gekauft hat. Stimmt doch, Iris?“

Frau Flieder nickt. „Ja, auf eine Weise ähnelt Mischas Zeichnung wirklich diesem Mann. Dieser strenge Blick, das zurückgekämmte Haar, die schmalen Lippen und das Doppelkinn. Ja, er könnte es wirklich sein.“

Bevor ich noch etwas sagen kann, springt Martha von ihrem Stuhl auf. „Ich wusste es“, ruft sie. „Das fehlende Puzzleteilchen. Endlich haben wir einen brauchbaren Hinweis.“ Mit flehendem Blick bestürmt sie Frau Flieder: „Und wissen Sie zufällig auch, wie der Mann heißt?“

„Nein, aber das lässt sich leicht herausfinden. Er hat ja erst neulich wieder Bücher bei mir bestellt. Hm, lasst mich überlegen. Berntaler, Bernhauser, Bern-irgendwie ... So heißt er, wenn ich mich nicht täusche.“

Martha will noch etwas sagen, aber da gibt Mama ihr mit einem Wink zu verstehen, dass sie sich wieder an den Tisch setzen soll.

„Und nun genug von eurer Detektivgeschichte“, sagt Mama und hält feierlich ihr Glas hoch. „Schließlich gibt es auch noch andere Themen. Zum Beispiel, dass wir hier zusammen sind, um den Geburtstag von eurem Vater zu feiern. Und jetzt wird erst einmal gegessen.“

Ich glaube, ich bin nicht der Einzige, der sich in dieser Nacht im Bett hin und her wälzt und nicht schlafen kann. Martha war jedenfalls auch ganz schön durcheinander, als Papa uns kurz vorm Schlafengehen noch wissen ließ, dass auch er eine tolle Neuigkeit für uns hätte: „Morgen fahren wir drei Hübschen nach Wien in den Tiergarten Schönbrunn. Dort gibt es nämlich einen Experten, der uns sicher mehr über die Geheimnisse von Echsen, Schlangen und Geckos verraten kann.“

15

Das letzte Mal war ich in der zweiten Klasse im Tiergarten Schönbrunn. Es war zufällig der Tag unseres Geburtstags, deswegen kann ich mich noch ganz genau erinnern. Gerade als wir vor dem Freigehege der Elefanten standen, fiel der Frau Lehrerin ein, dass Mischa und ich Geburtstag haben. Und wie dann die ganze Klasse „Hoch sollen sie leben" gesungen hat, stand einer der Elefanten ganz nah am Zaun und schaute neugierig zu uns rüber. Alle sangen laut und falsch: „… auf der Decke kleben, runterfallen, Popschi knallen, ja so ist das Leben." Plötzlich drehte sich der Elefant langsam um, hob seinen kleinen Ringelschwanz und ließ einen riesigen Fladen Elefantenkacka auf die Erde plumpsen. Wir mussten so laut lachen, dass ein paar ältere Damen entrüstet den Kopf geschüttelt haben.

Papa hat uns früh geweckt und als wir in die Küche kommen, ist der Frühstückstisch reichlich gedeckt.

„Wo ist Mama?", fragt Mischa verschlafen und rührt in seinem Kakao.

„Die lassen wir schön schlafen! Sie muss heute leider Bürokram machen, während wir uns auf Recherchereise begeben." Papa klingt so begeistert, als würden wir gleich zu einer aufregenden Expedition in den Regenwald aufbrechen. Und auch unsere Rucksäcke, die er packt, während wir frühstücken, sehen aus, als würde uns ein mehrtägiges Abenteuer erwarten.

„Papa, warum nimmst du so viel Essen mit?", frage ich.

„Na ja, weil wir vielleicht den ganzen Tag unterwegs sein werden", sagt er zerstreut und füllt Nüsse und Rosinen in eine Plastikdose. Müsliriegel, Käseweckerl, Äpfel, Kekse, Bananen … unglaublich, was alles in einen einzelnen Rucksack passt.

„Und ihr Lieben, ich sag's euch gleich.
Der Eintritt in den Tierpark ist nicht ganz billig, ist also nichts mit groß essen gehen oder so.
Maximal ein Eis, alles klar?"

Mischa und ich wissen, dass wir ein bisschen sparen müssen, denn unser altes Haus kostet ganz schön viel Geld. Und weil uns beim letzten Unwetter ein paar Dachziegel weggeflogen sind, wird jetzt jeder Euro für ein neues Dach gespart.

„Alles klar", murmle ich und weiß jetzt schon, dass ich spätestens zu Mittag einen Riesenhunger auf Eispalatschinken bekommen werde.

Wir lassen das Auto an der nahegelegenen Bahnstation stehen und nehmen den Zug in die Stadt. Nachdem wir die Rucksäcke in der Gepäckablage verstaut haben, zieht Papa ein kleines schwarzes Notizbuch aus der Hosentasche und zückt einen Stift: „Also liebe Kollegen und Kolleginnen. Was ist das Ziel unserer Reise?"

„Tiergarten Schönbrunn", antwortet Mischa und schaut verträumt aus dem Fenster.

„Ja, aber was wollen wir da?"

„Essen?", antworte ich und deute grinsend auf die prall gefüllten Rucksäcke in der Ablage über uns.

„Witzbold. Also?"

„Wir versuchen alles über Reptilien rauszufinden?", frage ich.

„Jawohl. Wir werden uns mal eingehend mit diesen Tieren beschäftigen. Damit wir wissen, womit wir es neuerdings in Krähfeld zu tun haben. Recherche ist das Einmaleins des guten Journalismus." Papa fuchtelt mit der Hand. „Also, fassen wir zusammen: Welche Tiere wurden gesichtet?"

„Eine Schlange, ein Gecko und eine große Echse", antwortet Mischa.

Papa schreibt es in sein Büchlein und fragt dann: „Kann es sich um einen Irrtum handeln?"

„Bei allen? Ich glaube nicht."

„Martha, eine gute Journalistin glaubt nichts, die sucht Beweise. Haben wir zuverlässige Zeuginnen?"

„Ja, haben wir. Boris hat die Echse gesehen, Mareika den Gecko und dann hat die Buchhändlerin auch noch erzählt, dass ihr Neffe oder der Freund des Neffen oder der Sohn der Mama der besten Freundin … ach egal, irgendjemand hat eine Schlange gesehen. Und der Mann mit dem Hund! Sagt zumindest die Zeitung."

„Tja, alles sehr mysteriös", antwortet Papa. „Wir werden sehen, ob wir im Zoo etwas Neues erfahren. Will jemand etwas essen?"

Obwohl ich gerade gefrühstückt habe, spüre ich schon wieder Hunger, angle meinen Rucksack aus der Ablage und wühle nach einem Müsliriegel. „Papa, aber was genau machen wir denn im Tierpark?"

„Wir werden ein Interview führen."

„Mit wem?"

„Mit Florin Birkenblatt."

„Es gibt wirklich jemanden, der Florin Birkenblatt heißt?", prustet Mischa.

„Ja. Gibt es. Und er arbeitet als Tierpfleger im Reptilienhaus des Schönbrunner Tiergartens. Er weiß also alles über Kriechtiere."

„Und woher kennst du ihn?" Mischa schaut Papa zweifelnd an.

„Ich kenn ihn gar nicht", antwortet der, „aber ich habe einen Kollegen, der hat eine Kollegin und die ist die Schwester von Herrn Birkenblatt."

„Und der weiß, dass wir kommen?", frage ich.

„Ja, und er freut sich schon auf uns."

Als wir von der U-Bahn durch den Park in Richtung Zooeingang gehen, bin ich fast ein wenig aufgeregt. Es fühlt sich plötzlich gar nicht mehr wie ein normaler Sonntagsausflug an, sondern fast wirklich wie ein spannendes Abenteuer. Und wir haben eine Aufgabe.

An der Kassa ist noch keine Warteschlange, es war doch gut, dass Papa uns so früh aus den Federn gescheucht hat. Ich weiß von meinem letzten Besuch im Zoo noch ganz genau, dass gleich hinter dem Eingang die Giraffen sind, und da sehe ich schon eine. Unbeweglich steht sie da mit diesem etwas lächerlichen Geweih auf ihrem kleinen Kopf auf einem langen Hals und blickt majestätisch auf uns herab. Und direkt daneben steht ein Giraffenbaby und äugt uns neugierig an.

„Wir können nach dem Interview noch eine Runde gehen und alle Tiere anschauen", mahnt Papa uns zur Eile, „aber jetzt müssen wir ins Reptilienhaus, Herr Birkenblatt wartet sicher schon auf uns."

16

„Hi, ich bin der Florin!“, hat Herr Birkenblatt sich vorgestellt und Martha und mir freundlich zugezwinkert.

Groß ist dieser Florin, größer noch als Papa. Helles gewelltes Haar, lockiger Bart und blaue Augen. Ich stelle mir vor, dass er sehr mutig sein muss, weil er als Tierpfleger bestimmt auch mit gefährlichen Tieren zu tun hat.

Obwohl Papa und er sich erst seit einer Minute kennen, sagen sie schon „Du“ zueinander. „Wow, du bist Journalist.“ Florin gefällt es, dass Papa für eine Zeitung arbeitet. Und Papa wiederum findet Florins Beruf interessant und sagt: „Als Reptilienexperte zu arbeiten stelle ich mir aber nicht weniger spannend vor.“

Martha sieht Florin bewundernd an, als wir ihm zu einer Tür folgen, auf der in großen Buchstaben

Eintritt verboten! steht. Florin hat einen eigenen Schlüssel, sperrt auf und winkt uns in einen schmalen Gang, wo es über Stufen abwärtsgeht.

„Dürfen wir das denn?“, fragt Martha und sieht sich vorsichtig um. Florin lacht. „Ja, ausnahmsweise“, sagt er. „Euer Papa hat sich von der Direktion die Erlaubnis eingeholt. Deswegen kann ich euch etwas zeigen, was gewöhnliche Zoobesucher sonst nicht zu sehen bekommen.“ Auf der letzten Stufe macht er halt, dreht sich zu uns um, verbeugt sich wie ein Diener und scherzt mit dunkel verstellter Stimme: „Willkommen in den unerforschten Katakomben meines geheimen Reiches. Ich garantiere Ihnen, diese Safari werden Sie Ihr Leben lang nicht vergessen.“

Das *geheime Reich* liegt im Untergeschoß des Reptilienhauses. Hier kümmern sich Zooangestellte um Tiere, die krank sind, aufgepäppelt werden müssen oder sonst wie besondere Zuwendung brauchen. Und Florin erklärt uns, dass die vielen Lüftungsschläuche und technischen Geräte für ein feuchtwarmes Tropenklima sorgen, in dem sich die Tiere wohlfühlen.

Florin zeigt uns eine Fliegen- und Insektenfarm, die etwas müffelt und hinter deren Sichtfenstern ein Gewusel herrscht wie zur Weihnachtszeit auf dem Wiener Rathausplatz.

Papa strahlt vor Freude und meint: „Ja, so ein Blick hinter die Kulissen ist schon eine aufregende Sache."

Gleich im ersten Terrarium, das wir zu sehen bekommen, liegt unter einer Wärmelampe eingerollt eine große, dicke Schlange.

„Darf ich euch Esmeralda vorstellen?", sagt Florin und erklärt: „Eine Boa constrictor. Man nennt sie auch Königsboa oder Abgottschlange. Ursprünglich ist diese Art in den Dschungeln von Südamerika beheimatet. Manche leben aber auch in eher kargen, wüstenähnlichen Gebieten. Esmeralda haben wir hier zur Pflege, weil sie an manchen Stellen ihrer Schuppen wund ist."

„Ist sie giftig?", will Martha wissen.

„Nein, das ist sie nicht", sagt Florin. „Boas sind bekannt dafür, ihre Beute zu umschlingen und zu –"

„Um … umschlingen?“, unterbricht ihn Martha.

„Na ja“, sagt Florin und räuspert sich verlegen. „Jedenfalls sind Boas nicht giftig.“

„Und darf man so eine exotische Schlange auch zu Hause halten?“, fragt Papa.

„Ja, durchaus. Wenn das Tier artgerecht gehalten wird. Außerdem gibt es da eine Regelung: Ab einer Größe von drei Metern ist die private Haltung in Österreich verboten, denn ganz ungefährlich sind solche Tiere nun auch wieder nicht.“

Weiter geht's zu den Chamäleons. Es dauert lange, bis ich zwei von ihnen zwischen Blättern entdecken kann. Auch über diese Echsen kann Florin Birkenblatt Spannendes berichten. „Chamäleons sind wahre Verwandlungskünstler. Sie können sich gut an ihre Umgebung anpassen, ja sogar ihre Hautfarbe ändern. Das macht sie für ihre Feinde beinahe unsichtbar.“

Das bringt mich auf eine Idee. „Unsichtbar sein – das wäre in der Schule manchmal ganz praktisch. Zum Beispiel, wenn man das Hausaufgabenheft vergessen hat.“

Martha lacht und sagt: „Dann müsstest du dich aber von Futterkübeln bedienen, die hier rumstehen.

Schau mal, was die alles zum Fressen bekommen … Igitt, Insektenfutter, grausliches Zeug."

„Mmh, Insektenfutter! Köstlich, köstlich. Und kann ich noch etwas Nachschlag von den leckeren Mehlwürmern bekommen?", sage ich.

Papa findet das weniger lustig. „Ein bisschen mehr Ernst, Kinder!"

Florin winkt uns weiter. Er weiß über jedes einzelne Tier auf der Pflegestation so gut Bescheid, wie wir über unsere Hühner und Jip.

Dann aber erinnert sich Papa an den eigentlichen Grund unseres Besuchs und erzählt dem Tierpfleger von den merkwürdigen Entdeckungen: von der großen Echse, die Boris gesehen hat, von Mareikas Gecko und der großen Schlange aus dem Wald. Und versichert sich: „Also bei uns am Land, in Krähfeld, gibt es doch solche Tiere streng genommen nicht, oder?"

„Nein, das wäre schon eher ungewöhnlich", sagt Florin und macht ein verblüfftes Gesicht. „Ach, aus Krähfeld seid ihr? Das nenn ich jetzt aber einen Zufall. Erst vorgestern hat uns von dort jemand einen Leguan gebracht. Das Tier muss von irgendwo ausgebüxt sein. Ein Weinbauer hat das stattliche

Exemplar auf seinem Hof in einem leeren Fass gefunden. Er hat geistesgegenwärtig den Deckel draufgegeben und das Fass mit dem Tier zu uns in den Zoo gebracht. Möchtet ihr einen Blick auf den feschen Burschen werfen?“

„Auf den Weinbauer?“, fragt Martha verwundert.

„Ich meine das Leguan-Männchen“, sagt Florin und schmunzelt. „Möchtet ihr es sehen? Dann kommt mit!“

Erst jetzt, wo ich durch die Glasscheibe den Leguan sehe, kann ich so richtig nachfühlen, wie es Boris gegangen ist, als er im Schwimmbad die große Echse im Gebüsch entdeckt hat.

„Der ist ja wirklich riesig“, staune ich. Florin nickt. „Ein ausgesprochen schönes Tier. Und gut genährt. Wir haben ihn Heinz genannt. Er wird wohl nicht lange in der Freiheit unterwegs gewesen sein, sonst sähe er anders aus. Na ja, wer weiß, vielleicht meldet sich der Besitzer des Tieres noch bei uns.“

„So ein hübscher Drache“, schwärmt Martha. „Ich finde ihn gar nicht so gruselig, wie ich ihn mir vorgestellt habe. Sieht ein bisschen aus, als ob er lächeln würde. So irgendwie.“

Florin lacht. „Ja, für gewöhnlich sind es friedliche Gesellen. Trotzdem muss man aufpassen, denn wenn sich ein Leguan bedroht fühlt, kann er mit seinem Schwanz wie mit einer Peitsche zuschlagen."

„Junge, Junge!", sagt Papa ehrfürchtig und ist wohl froh, dass uns eine dicke Glasscheibe von dem Leguan trennt. Trotzdem stimmt, was Martha sagt. Es sieht wirklich aus, als ob Heinz lächeln würde. So irgendwie.

17

Es ist unglaublich, welche Berufe es auf dieser Welt gibt. Dieser Florin zum Beispiel hat Biologie studiert, weil er sich als kleiner Bub für Pflanzen und Tiere interessiert hat. Später wollte er neben dem Studium ein bisschen Geld verdienen und im Tiergarten hatten sie damals jemanden gebraucht, der die Gehege sauber macht. Und nun steht er da vor diesen seltsamen Tieren und erzählt uns mit glänzenden Augen alles, was er darüber weiß. Und das ist viel!

„Was ist mit der Schlange da in der Wasserschüssel?", fragt Mischa und drückt sich die Nase an der nächsten Scheibe platt. Das Tier hebt den Kopf aus dem Wasser und schaut uns an. Oder bilde ich mir das nur ein? Schauen einen Schlangen an?

„Die hat eine alte Dame in ihrem Schrebergarten gefunden. Im 18. Bezirk. Die Schlange hat es sich im Komposthaufen gemütlich gemacht und wir haben sie dann abgeholt“, sagt Florin und klingt so stolz, als hätte er persönlich einen Topf Gold gefunden.

„Aber das ist auch keine österreichische Schlange wie die Boa vorhin. Die ist doch viel zu groß.“ Jetzt hat sie sich noch ein wenig mehr aufgerichtet und nun bin ich sicher: Sie schaut uns an und sie sieht ziemlich gruselig aus. Da fällt mir die Schlange mit dem Muster aus dem Wald wieder ein und ich bin jetzt hundertpro sicher: Ohne einer Glaswand zwischen uns, möchte ich der nicht begegnen.

„Ja, da hast du recht. Solche Schlangen gibt es nur in tropischen Ländern.“

„Und wie kommt die dann in einen Schrebergarten? Ist die auch ausgebüxt? Und wie kommt die nach Österreich? Und wie fängt man die ein? Und was macht ihr dann damit? Und ist sie gefährlich?“ Mischa hat schon lange nicht mehr so viele Sätze hintereinander gesagt, aber Florin ist ganz begeistert. „Eins nach dem anderen, junger Mann, so viele Fragen!“

Wir setzen uns auf zwei leere Eimer und Florin beginnt zu erzählen: „Wie die Schlange in den Schrebergarten gekommen ist, weiß ich natürlich nicht. Ziemlich sicher ist sie jemandem entwischt.

Und stellt euch vor, vor Kurzem haben wir einen ganzen Koffer voller Schlangen gefunden."

Und dann erzählt er uns die abenteuerlichsten Geschichten. Von Spürhunden, die darauf trainiert sind, lebende Tiere in Gepäckstücken zu erschnüffeln, von Schmugglern, die sich die ärgsten Dinge ausdenken, um exotische Tiere nach Europa zu bringen, um sie hier teuer zu verkaufen.

„Und wenn ihr dann so einen Koffer bekommt, was dann?", fragt Papa, auch er ist jetzt ganz gebannt.

„Dann geben wir den in einen leeren Raum, wo es für die Tiere keine Möglichkeit gibt, sich zu verstecken, ziehen einen Schutzanzug an und öffnen den Koffer ganz vorsichtig."

„Echt? Schutzanzüge? Wie Astronauten?" Dass der Job eines Tierpflegers so aufregend ist, hätte ich nicht gedacht.

„Ja!“ Florin lacht. „Inklusive Schutzbrille. Einmal hat ein Kollege ein paar Pfeilgiftfrösche in einer Reisetasche gefunden. Wenn dir so ein Frosch in die Augen spuckt, dann wird's finster.“

Von meinem Eimer aus schaue ich mich ein bisschen um. Hinter mir sind die Glaskästen mit den Krabbeltieren. Ich mag ja Tiere, aber Käfer und Küchenschaben brauche ich nicht unbedingt. „Und diese ganzen Insekten da drinnen?“, frage ich, stehe auf und gehe einen Schritt zurück. „Futter“, antwortet Florin. „Das machen wir selbst. Nur Mäuse und Ratten kaufen wir zu.“

Jaja, ich weiß schon: Tiere fressen Tiere. Ich weiß auch, dass in den Futterdosen unseres Hundes keine Tofustücke oder Nudeln drin sind. Trotzdem finde ich die Vorstellung, dass man hier Tiere züchtet, um sie an andere Tiere zu verfüttern, ein bisschen grausig.

Florin führt uns noch weiter durch den Keller, er ist riesig. Schon irre, wie viele Tiere hier unten sind, denke ich und sage: „Schade, dass die normalen Zoobesucher diese Tiere gar nicht anschauen können.“ Ich halte vor einem der Kästen und blicke direkt ins Auge noch eines Leguans.

Kleiner Antillenleguan steht auf dem Schild, aber klein ist der nicht, er ist fast so lang wie mein Arm.

„Einige Tiere sind krank. Oder wir müssen erst überprüfen, ob sie gesund sind. Manche werden darauf vorbereitet, dass sie in einen anderen Zoo kommen."

Ich finde diesen Florin Birkenblatt echt cool, er hat einfach auf jede Frage eine Antwort und erklärt alles so geduldig, als hätte er nichts anderes zu tun. „Und manche Tiere sind schon fast ausgestorben und es gibt sie nur mehr in den Tiergärten", fährt er fort.

Da spüre ich die dunkle Wolke in mir, die immer dann aufzieht, wenn ich mich ärgern muss. Und ärgern muss ich mich, wenn ich darüber nachdenke, dass wir Menschen alles kaputtmachen. Den Wald abholzen, alles zubetonieren und Tiere töten. Oder sie in enge Koffer packen.

„Dann ist ein Zoo ja so etwas wie eine Arche Noah?", fragt Papa und schaut ganz nachdenklich aus. *Arche Noah,* das habe ich schon mal gehört, das war doch die Geschichte aus der Bibel, in der ein Typ namens Noah von jeder Tierart ein Paar gerettet hat, damit sie nach der Sintflut neue Babys machen können.

„Ja, genau!“ Florin nickt begeistert. „Es kommt zwar keine Sintflut, aber viele Tiere haben immer weniger Lebensraum. Und in den Zoos gelingt es uns, manche Arten nachzuzüchten.“

Der Leguan scheint sich nicht besonders für uns zu interessieren, er sitzt auf seinem dicken Ast und dreht uns das Hinterteil zu. Und ich versuche mir vorzustellen, wie er in einem echten Dschungel unter einer echten Palme sitzt und nicht in so einem Glaskasten.

„Ist er nicht arm, in so einem kleinen Käfig?“, frage ich Florin.

„Na ja, ehrlich gesagt, in der Natur bewegen sie sich auch nicht so viel. Sie hocken fast den ganzen Tag auf einem Ast und warten, dass ihnen Futter vor die Nase fliegt oder krabbelt. Die haben es ganz bequem hier.“

„Das wär nichts für unseren Jip“, meint Mischa und lacht.

„Wer ist denn Jip?“

„Das ist unser Hund. Der rennt uns auf Schritt und Tritt nach. Aber früher, da hing er an einer Kette und wir haben ihn gerettet“, antwortet Mischa stolz.

„Wow, das ist ja super. Und deswegen liebt er euch jetzt so. Tiere sind schlau. Unseren Freund hier kann man nicht mit einem Hund vergleichen, aber wisst ihr was? Er erkennt mich auch."

„Echt?" Ich stelle mir gerade vor, wie der Leguan Florin begrüßt, sich an ihn schmiegt, wie Jip sich an mich schmiegt, wenn ich von der Schule heimkomme, und muss lachen.

„Ja, natürlich. Also er kuschelt nicht mit mir und wedelt nicht mit dem Schwanz. Aber wenn ich das Terrarium aufmache, bleibt er ganz ruhig, manchmal kommt er mir entgegen und er weiß genau, dass ich für ihn da bin."

Inzwischen hat sich das Tier wieder umgedreht, blickt mit schräg geneigtem Kopf durch die Glasscheibe und sieht aus, als würde es aufmerksam zuhören.

Als die anderen weitergehen, bleibe ich noch ein bisschen vor dem Kleinen Antillenleguan stehen, schaue ihm fest in die Augen und dann sehe ich es genau: Er zwinkert mir zu.

18

Nachdem wir uns von Florin verabschiedet haben, ziehen Papa, Martha und ich allein los. Ich möchte zu den Eisbären, Martha zu den Elefanten.

„Ihr braucht gar nicht zu streiten“, sagt Papa und zeigt auf ein Gehege, hinter dessen Zaun sich ein dickes Nilpferd langsam aus dem Gras erhebt. „Denn zuerst werden wir *meinen* Lieblingen ‚Guten Tag‘ sagen.“

Ich wusste gar nicht, dass Papa ein Lieblingstier hat. Und jetzt, wo wir den riesigen Koloss zum Wasserbecken schreiten sehen, stelle ich mir vor, wie so ein Nilpferd vor unserem Haus aussehen würde. Es könnte statt dem Auto im Schuppen wohnen. Was wohl Jip von unserem neuen Mitbewohner halten würde? Und erst Henriette und Hanna?

Nach einer Weile zupft Martha Papa am Hemd und drängt ihn weiterzugehen. „Die Elefanten, Papa!“

Wer schon einmal im Tiergarten Schönbrunn war, weiß, dass es hier so vieles zu sehen gibt, dass einem davon ganz schwindlig wird und vom vielen Herumlaufen irgendwann die Füße wehtun. Und hungrig wird man außerdem. Zum Glück finden wir nicht unweit vom Elefantengehege eine freie Sitzbank, wo wir rasten können. Papa verteilt die Trinkflaschen und die mitgebrachten Jausenbrote.

Während wir still nebeneinandersitzen, glücklich in unsere Brote beißen, spähen wir zu der Gruppe der mächtigen Riesen, beobachten wie sie ihre Hintern aneinanderreiben und sich mit dem Rüssel Sand über den Rücken pusten.

„Hach, Afrika“, sagt Papa und seufzt sehnsuchtsvoll. „Da wollte ich schon immer mal hin.“

„Dann nimmst du uns aber mit!“, fordert Martha streng, muss dann aber lachen, weil sie weiß, dass so eine Reise viel zu teuer für unsere Familie wäre.

„Aber träumen“, sagt Papa und lächelt versonnen vor sich hin, „davon träumen wird man wohl noch dürfen?“ Und da hat er ganz sicher recht.

Nach unserer kleinen Rast verabschieden wir uns von Afrika und seinen Elefanten und spazieren zum Freigehege der Pinguine. Dort geht es zu wie in

einer Zirkusarena. Jeder Einzelne dieser quirligen Vögel ist zehnmal lustiger als ein Clown. Sie strecken die kleinen Flügel von sich, balancieren tollpatschig über Felsvorsprünge, springen ins Wasser, schwimmen und tauchen wie die Weltmeister.

Auch den Robben könnte man stundenlang zusehen, wie sie in dem großen Aquarium hin und her gleiten oder auf dem Trockenen liegen und sich mit den Flossen den Bauch kraulen.

„Uh“, sagt Papa und sieht auf die Uhr. „Allmählich wird es Zeit für die Rückfahrt, Kinder. Aber keine Sorge, auf dem Weg zum Ausgang kommen wir noch bei den Tigern und Löwen vorbei.“

„Und Mischas Eisbären?“, fragt Martha, weil sie will, dass es gerecht zugeht. Und Papa sagt: „Meinetwegen, aber dann bitte Tempo!“

Ich liebe Eisbären. Mindestens so sehr wie Papa seine Nilpferde. Pech ist nur, dass sich die Bären hinter einem Felsen zurückgezogen haben und wir nicht mehr als ein ausgestrecktes Hinterbein zu sehen bekommen.

„Ich versteh das“, sagt Martha. „Ich würde auch nicht wollen, dass mich immer jemand anstarrt. Schließlich will man ja auch als Eisbär zwischendurch mal seine Ruhe haben.“ Papa freut sich und sagt: „Was für kluge Kinder ich doch habe.“

Eine Stunde später stehen wir auf dem Bahnsteig und warten, bis der Zug nach Krähfeld einfährt. Martha und ich sind ganz still, nur Papa redet und redet. Er schwärmt und erzählt von all dem, was wir an diesem Tag erlebt haben, obwohl wir doch selbst dabei waren.

„Na, ihr beiden?“, sagt er. „War das nicht aufregend? Wir haben ordentlich recherchiert, uns dank Florin über Echsen schlaugemacht und hatten so ganz nebenbei auch noch einen tollen Ausflug. Gibt es ein besseres Programm?“

Ich überlasse es Martha, darauf zu antworten. „Ja, super war es“, gibt sie Papa recht, reibt sich die Augen und muss ein Gähnen unterdrücken. „Aber jetzt schwirrt mir der Kopf und ich bin froh, wenn wir bald wieder daheim bei unseren eigenen Tieren sind.“

Auf der Zugfahrt liest Papa Zeitung. Martha und ich sitzen auf den Plätzen am Fenster. Erst geht die

Fahrt entlang der Donau, wo größere Frachtschiffe, aber auch kleinere Kutter an Bootsstegen zu sehen sind. Vor einer der Hütten einer Gartenhaussiedlung steht eine alte Frau und winkt unserem Zug hinterher. Und als Martha merkt, dass ich schon die längste Weile heimlich ihr Spiegelbild im Fenster betrachte, zeigt sie mir die Zunge.

Wieder in Krähfeld am Bahnhof angekommen wühlt Papa erst mal eine halbe Ewigkeit in seinen Hosentaschen. Endlich findet er den Autoschlüssel. Diesmal wird nicht gestritten, wer vorne sitzen darf, weil es sich Martha ausnahmsweise freiwillig auf der Rückbank bequem machen will. „Gute Nacht!“, höre ich sie murmeln. Als ich mich nach ihr umsehe, ist sie schon im Schlummerland.

„Anschnallen, Mischa!“, sagt Papa, lässt den Motor anspringen und schaltet gleichzeitig das Radio ein. Mir ist, als würde sich der enge Gurt wie eine Schlange um meine Brust spannen. Und fliegen dort etwa Fledermäuse? Was man sich nach einem Besuch im Tiergarten so alles einbildet. Oder bin ich etwa auch eingeschlafen und träume?

Eine einlullende Frauenstimme verkündet zwischen zwei Musikstücken die Verkehrsnachrichten:

Auf der Wiener Tangente kommt es wieder zu erheblichen Staus. Ebenfalls ist am Biberhaufenweg mit längeren Verzögerungen zu rechnen.

Biberhaufenweg hat die Frau gesagt. Vielleicht gibt es ja noch andere Straßennamen, die nach Tieren benannt sind? Vielleicht fahren wir über die Waschbärenstraße, nehmen danach die Hühnerschissroute oder kommen über den Pferdeäpfelweg zurück nach Hause?

Papa singt vergnügt ein Lied mit, das er anscheinend von früher kennt. Putzmunter und zufrieden sieht er aus. Er kennt jede Zeile aus dem Song.

Wenn man träumt, kann man auch mit geschlossenen Augen sehen. Etwa die schwarze Schlange, die sich jetzt von meiner Brust löst, ihren Kopf bis zu meiner Nasenspitze hochwindet und lispelt: „Na, was haben wir denn da? – Ein Menschenjunges. Einen appetitlichen Happen von acht Jahren."

„Ich bin aber elf", widerspreche ich. „Und appetitlich bin ich schon gar nicht."

„Dafür aber ziemlich hochnäsig", zischt die Schlange. Fast jagt sie mir Angst ein. Plötzlich legt mir jemand die Hand auf die Schulter und ich höre Martha leise sagen: „Aufwachen, du Schlafmütze! Wir sind zu Hause."

19

Zu Hause ist meine Müdigkeit wie weggeblasen und auch Mischa sieht plötzlich hellwach aus.

„Kann ich mal dein Handy?“, fragt er, nachdem er sich seine Sportschuhe von den Füßen gestreift und sie im Vorzimmer liegen hat lassen.

„Aufessen? Runterschlucken? Ins Klo spülen?“, frage ich ihn und Mischa sieht mich böse an.

„Martha hat vollkommen recht, mein Sohn. Verben sind wichtig. Eine genaue Sprache ist wichtig“, mischt Papa sich ein. „Und räum deine Schuhe weg! Man muss nicht immer alles überall verlieren.“

„Ja eh.“ Mischa stellt seine dreckigen Sneakers ordentlich auf die Schuhablage und streckt die Hand aus. „Kann ich bitte jetzt dein Handy *haben?*“

„Akku leer“, sage ich, da kommt auch schon Mama aus dem Büro und begrüßt uns mit einem müden Lächeln: „Na, ihr Süßen? Hattet ihr einen netten Tag?“

„Der Ausflug war nicht geplant, um einen netten Tag zu haben“, antworte ich. „Schließlich hatten wir wichtige Dinge zu recherchieren. Aber es war eh auch nett.“

„Das freut mich. Ich hasse Bürokram! Ich wünschte, ich wäre mitgekommen. Übrigens war am Vormittag eure Bande hier. Die gesamte! Und Boris hat ganz finster geschaut, als ich ihnen erzählt habe, dass ihr nach Wien gefahren seid. Habt ihr eigentlich schon was gegessen?“

„Jausenbrote, Müsliriegel, Karotten, Tomaten, Schokolade, Äpfel und Bananen. Und dann hat uns Papa noch ein klitzekleines Eis gekauft.“ Mischa schlüpft an Mama vorbei ins Wohnzimmer. „Kann ich das Telefon?“

„Benützen!“, rufen Papa, Mama und ich wie aus einem Mund und dann tippt Papa auf seine Armbanduhr. „Jetzt wird nicht mehr telefoniert. Es ist spät. Ab unter die Dusche und ich koch ein paar Nudeln. Dann geht’s ins Bett, morgen ist Schule.“

Als ich satt und frisch geduscht unter der Decke liege, nehme ich mir vor zu warten, bis Mama und

Papa wieder im unteren Stockwerk sind, um dann noch schnell zu Mischa rüberzuschleichen. Schließlich müssen wir besprechen, was wir in Sachen Geckomann weiter unternehmen wollen. Doch als ich die Augen aufmache, steht Mama vor mir und rüttelt mich sanft an der Schulter. „Aufwachen, Martha, es ist sieben! Frühstück ist gleich fertig." Da war ich wohl wirklich ziemlich müde gestern Abend.

Bei den Fahrradständern vor der Schule treffen wir Simon, Kerstin und Natty. Völlig verschwitzt kommt auch noch Boris um die Ecke und wirft sein Fahrrad auf den Boden. „Und? Gibt es was Neues?", keucht er.

„Ja, wir waren gestern im Tiergarten in Schönbrunn …" Als ich gerade zu erzählen beginnen will, zischt mich Boris an: „Ja, das haben wir gemerkt. Um zehn stand die ganze Bande vor eurer Gruselvilla, aber wer war nicht da? Martha und Mischa! Die feinen Zwillinge machen lieber einen Ausflug in die tolle Stadt, anstatt mit uns den Fall aufzuklären."

Nachdem die Schulglocke bereits zweimal geläutet hat, muss ich meine Antwort runterschlucken, und da kommt auch schon der Freudentaler und scheucht uns in die Klasse.

Während der gesamten Biologiestunde tun Kerstin und Natty so, als wäre ich gar nicht da. Wie gebannt schauen sie an die Tafel, obwohl da vorne wirklich nichts Spannendes passiert. Ich reiße ein Blatt aus meinem Collegeblock, schreibe: *Treffen in der großen Pause unter dem Kastanienbaum?* drauf, falte ihn ganz klein zusammen und werfe ihn über die Bankreihe auf Nattys aufgeschlagenes Bio-Buch. Sie verdreht ein wenig die Augen und streckt dann den Daumen hoch. Immerhin.

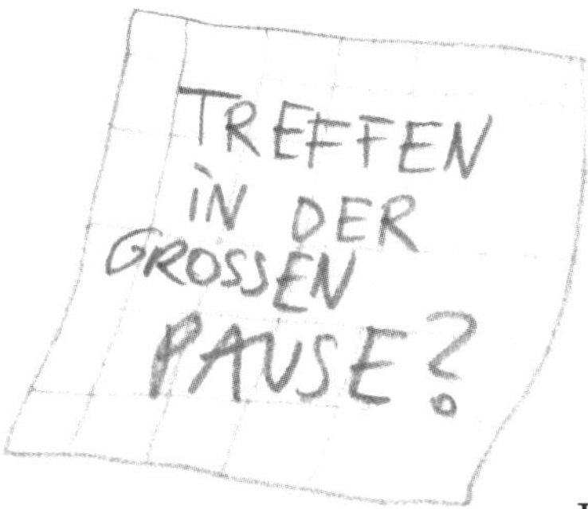

Die drei Stunden bis zur Pause ziehen sich wie Kaugummi, in den letzten Minuten in Deutsch kann ich gar nicht mehr stillsitzen.

„Martha, sag mal, hast du Hummeln in der Hose?“ Auch Frau Prokopetz ist es aufgefallen, die ansonsten so geduldige Lehrerin schaut ziemlich genervt.

„Nein, keine Hummeln, eher Eidechsen“, sage ich und kichere. Und da endlich! Die Pausenglocke. Wir springen alle auf und rennen raus, die ganze Bande versammelt sich unter dem großen Baum im Hof.

„Na?“, frage ich in die Runde.

„Was na?“, antwortet Boris.

„War irgendwas gestern?“

„Nix war. Wir wollten doch rausfinden, wo der Geckomann wohnt. Aber ihr seid einfach abgedampft!“

„Wir waren nicht zum Spaß in Wien“, springt Mischa mir zur Seite. „Wir haben recherchiert!“

„Rescher … rescher … schiert“, murmelt Boris. „Was soll das denn heißen?“

„Recherchieren heißt, man versucht etwas herauszufinden“, übernehme ich wieder und hoffe, nicht zu oberschlau zu klingen. Und wir berichten abwechselnd, was uns der Tierpfleger Florin Birkenblatt in den Kellerräumen des Tierparks erzählt hat, vom Leguan im Weinfass und der Schlange im Schrebergarten und dass er hin und wieder Gepäckstücke mit lebenden Tieren drin geliefert bekommt.

„Echt jetzt?“ Kerstin kann es gar nicht fassen.

„Mit echten Tieren drin.“ Mischa nickt. „Die werden in Flugzeugen illegal nach Österreich geschmuggelt, am Flughafen entdeckt und dann landen sie im Zoo.“

„Das ist ja alles schön und gut“, mischt sich Boris ein und schaut immer noch ganz grantig. „Aber habt ihr denn jetzt wirklich was rausgefunden bei eurem Ausflug?“

„Ja!“, rufe ich. „Stellt euch vor, der Leguan im Weinfass, wisst ihr, wo der gefunden worden ist?“

„In einem Weinfass?“ Benji grinst von einem Ohr zum anderen.

„Sehr witzig, du Zwerg“, antworte ich. „Das Fass, in dem sich der Leguan versteckt hat, stand auf einem Hof in der Nähe von Krähfeld. Er heißt Heinz und wohnt jetzt bei Florin im Tiergarten Schönbrunn.“

Nun steht Boris mit offenem Mund da. „Ich wette, das ist mein Schwimmbad-Leguan. Was machen wir jetzt?“, fragt er.

„Ich weiß, was wir machen!“ Ich beiße noch ganz schnell von meinem Käsebrot ab, die Schulglocke hat schon geklingelt. „Wir treffen uns heute Nachmittag um drei vor der Buchhandlung“, bestimme ich.

„Vor der Buchhandlung?“, fragt Simon verwundert, aber bevor ich antworten kann, ruft uns die Musiklehrerin zu: „Was ist los, meine Herrschaften? Braucht ihr eine Extraeinladung?“

Obwohl die übrige Bande keine Idee hat, was das mit der Buchhandlung soll, sind alle um kurz vor drei vor dem kleinen Laden versammelt.

„Was wollen wir jetzt hier?“, fragt Boris skeptisch. Und dann erzählen Mischa und ich, dass die Buchhändlerin Frau Flieder von einem komischen Mann gesprochen hat, der Unmengen an Reptilienbüchern bestellt hat, und dass uns das sehr verdächtig vorkommt. „Vielleicht kriegen wir seine Adresse raus, dann könnten wir uns bei ihm umsehen.“

„Du glaubst, wir spazieren da jetzt rein und die nette Buchhändlerin gibt uns einfach die Adresse eines ihrer Kunden?“ Kerstin schaut mich an, als würde sie mich für komplett verrückt halten.

„Na, einen Versuch ist es wert“, antworte ich und öffne die Tür.

Frau Flieder ist erstaunt, dass an einem ruhigen Montagnachmittag acht Kinder ihren Laden stürmen, doch sie freut sich sichtlich, uns zu sehen.

„Martha! Wie nett! Bist du schon fertig mit dem *Harry Potter?* Brauchst du Nachschub?“

„Nein, noch nicht ganz. Ich komm gerade nicht so viel zum Lesen. Aber wir haben eine Frage.“

„Ja?" Frau Flieder lächelt uns freundlich an.

„Als Sie vorgestern bei uns zum Essen waren, haben Sie uns doch von diesem Kunden erzählt …", beginne ich den Satz vorsichtig.

„Von welchem Kunden?" Frau Flieder runzelt die Stirn, was sie fast noch hübscher macht.

„Von diesem Mann, der so viele Bücher über Schlangen und Echsen gekauft hat", hilft Mischa ihr auf die Sprünge.

„Ah, der Herr Bern-dingsbums!", ruft Frau Flieder und ich bohre nach: „Bern … wie?"

„Warum ist das so wichtig?", fragt Frau Flieder und schaut in den Computer. „Bernwieser heißt er."

Ich muss mich zusammenreißen, dass ich keinen Luftsprung mache.

„Bernwieser! Hätten Sie vielleicht seine Telefonnummer oder die Adresse?"

„Wofür braucht ihr die denn?"

Da stellt sich Natty direkt vor die Buchhändlerin und macht große Augen. „Wissen Sie, wir machen gerade ein Projekt in der Schule und müssen ein Referat über Reptilien halten. Deswegen brauchen wir einen Experten für ein Interview."

Frau Flieder schaut Natty nachdenklich an und sagt: „Ich weiß nicht. Eigentlich darf ich euch nicht die Telefonnummer oder die Adresse eines Kunden geben."

Es ist unglaublich, wie lieb Natty schauen kann, ich würde ihr alles anvertrauen.

„Das wäre aber so cool", flötet sie. „Meine Mama würde den Herr Bernwieser anrufen und ihm alles erklären."

„Na gut", sagt die Buchhändlerin und seufzt. „Von mir habt ihr die Nummer aber nicht. Und lass wirklich deine Mama anrufen." Sie kritzelt ein paar Zahlen auf ein Blatt Papier.

„Versprochen!" Natty reißt den Zettel an sich, wir rufen alle „Auf Wiedersehen" und rennen aus dem Buchladen. Zurück bleibt eine kopfschüttelnde Iris Flieder.

20

Die *Glorreichen Acht.* So eine Bande gibt's nur einmal. Wenn ich unsere Truppe so betrachte, denke ich: Die Mischung stimmt. Benji ist zwar der Kleinste, hat aber schon öfter bewiesen, dass er so mutig wie der allergrößte Held sein kann, wenn er nur will.

Simon ist manchmal ziemlich streitlustig. Aber wenn ich dann sehe, wie er vom Fahrrad steigt, sich nach einer Weinbergschnecke bückt, um sie abseits der Straße ins Gras zu setzen, fällt mir wieder ein, weshalb ich ihn gut leiden kann.

Natty ist unsere Träumerin und hat vielleicht gerade deshalb oft so gute Einfälle. Jedes Mitglied unserer Bande trägt eines von ihren selbst gemachten Freundschaftsbändern am Handgelenk. Hört man auf dem Schulhof von irgendwoher ein lautstarkes Lachen, weiß jeder gleich: Das kann nur Natty gewesen sein.

Wenn sich einer von uns einen Schiefer eingezogen hat, ein Pflaster braucht oder mit einer schwierigen Hausübung nicht weiterkommt, ist Kerstin unsere Nummer eins. „Keine Sorge, das kriegen wir wieder hin", tröstet sie dann und lächelt unter der Krempe ihres verbeulten Cowboyhuts hervor. Den hat sie auf dem Flohmarkt gekauft und seitdem ist er ihr wie am Kopf angewachsen.

Mareika ist eher eine von den Stillen. Man muss sie ein wenig aus der Reserve locken, ihr den Ball zuspielen, damit sie munter wird. Wenn sie nicht gerade ihrem Papa bei der Arbeit hilft, hängt sie wie eine Fledermaus verkehrt herum in ihrem heiß geliebten Korbflechtstuhl und blättert in einem *Wendy*-Heft. Ist der Stuhl verlassen, findet man sie mit Sicherheit da, wo Boris ist.

Und Boris? Was kann ich über den Angeber mit großer Zahnlücke und dicker Lippe sagen, er ist doch mein bester Freund. Auch wenn er beim Fußball trickst, übel fault und hinterher den Unschuldigen spielt. Boris ist und bleibt eben Boris. Einen besseren Freund kann ich mir nicht denken.

Und dann sind da noch Martha und ich. Zwillinge, klar. Damit ist schon viel gesagt. Obwohl wir beide

ähnlich ticken, sind wir doch manchmal ziemlich verschieden. In der Schule sitzt Martha ganz vorne, um nichts zu versäumen, ich dagegen verschaffe mir lieber aus der hintersten Reihe einen Überblick. Und keine Frage: Wenn wir auf einer Theaterbühne Sherlock Holmes und Dr. Watson spielen müssten, wäre sie die superschlaue Meisterdetektivin und ich ihr stiller Berater.

Gar nicht so selten sagen Martha und ich etwas gleichzeitig, fast wie aus einem Mund. So wie in diesem Moment:

„Wow!“

Auch die anderen staunen, als wir mit unseren Fahrrädern vor der knallgelben Fassade eines vornehmen Bürgerhauses zum Stehen kommen. „Hier sind wir doch erst vor ein paar Tagen bei unserer ersten Erkundungstour vorbeigeradelt“, erinnert sich Kerstin.

„Stimmt!“, sagt Benji und zeigt auf den Durchgang zum Innenhof des Gebäudes. „Genau dort im Schatten

haben wir gerastet, ohne zu ahnen, dass wir schon so nah am Ziel waren."

Natty hatte sich entschieden, selbst die Nummer anzurufen, weil es zu kompliziert gewesen wäre, erst ihre Mama darum zu bitten. Mit zitternden Fingern tippte sie die Nummer in ihr Handy, atmete fest durch und plapperte dann mit forscher Stimme drauflos.

Und nach ein bisschen Hin und Her erklärte sich der Mann bereit, ein paar Minuten für eine „persönliche Umfrage" zur Verfügung zu stehen. Zuletzt gab er Natty bereitwillig seine Adresse durch. Erst jubelten wir auf, nur Natty meinte mit ernster Miene, dass ihr die Schwindelei eigentlich gar nicht liegt, und brummelte: „Das nächste Mal ist aber wer anderer dran." Dann trat sie in die Pedale und fuhr uns voraus.

Simon lehnt sein Fahrrad an die Hauswand. Wir anderen machen es ihm nach.

„Die genaue Adresse ist 7b", weiß Natty. „Er hat am Handy etwas von einem Geschäftslokal erwähnt. Wahrscheinlich ist es im Innenhof des Gebäudes."

„Und was soll das für ein Geschäft sein?", will Simon wissen.

„Hat er nicht gesagt. Hat sich nur entschuldigt, dass er nicht lange reden kann, weil er gerade einen Kunden im Laden hat. Aber seine Stimme klang recht freundlich, gar nicht geckohaft."

„Dann auf ins Abenteuer", sagt Simon mit entschlossenem Blick und winkt uns, ihm zu folgen.

„Vorsicht!" Martha hält ihn gerade noch rechtzeitig am Ärmel fest.

„Achtung! Aus dem Weg!", hallt eine Stimme aus dem Dunkel der Hauseinfahrt. Drei Radfahrer in bunten Trikots düsen aus dem Innenhof.
Wir müssen zur Seite springen, um nicht über den Haufen gefahren zu werden.

„Blödhammel!", schimpft Boris ihnen hinterher. „Sogar eine Rockergang hat bessere Manieren als diese …"

„Lass gut sein", besänftigt ihn Natty. „Die können dich sowieso nicht mehr hören."

Kaum sind wir am anderen Ende des Durchgangs, blendet uns das grelle Licht der sonnenbeschienenen Fassaden. Der quadratische Innenhof ist mit Pflastersteinen ausgelegt und mit Blumentrögen an den Ecken schön geschmückt. Mehrere Fahrräder stehen entlang einer Hauswand, zwei lehnen an einem mannshohen, schwarzen Müllcontainer. Eines steht verkehrt herum aufgebockt gleich neben dem Eingang zu einem Geschäftslokal. *Bernwieser* steht in großen, weißen Buchstaben auf der Glasscheibe der Auslage und darunter in etwas kleinerer Schrift: *Fahrradverleih, E-Bikes und Reparaturen.*

„Also damit habe ich nicht gerechnet“, sagt Benji.

„Was hast du dir denn vorgestellt?“, fragt Boris. „Etwa, dass der böse Geckomann Drachen verkauft?“

„Pst, hört auf zu streiten“, zischt Martha die beiden an und gibt in Zeichensprache zu verstehen, dass wir uns in einen Winkel des Innenhofs zurückziehen sollen.

„Hört mal alle her“, sagt sie, als wir im Kreis zusammenstehen. „Ich glaube, es wäre nicht so klug, wenn alle auf einmal in den Laden stürmen. Solange nicht bewiesen ist, dass dieser Herr

Bernwieser der gesuchte Geckomann ist, müssen wir behutsam vorgehen."

„Stimmt", sagt Simon. „Was schlägst du also vor?"

„Ich finde, dass Mareika und ich jetzt an der Reihe sind. Wir gehen ins Geschäft und sagen, dass wir wegen der Umfrage gekommen sind. Mareika ist schließlich die Einzige von uns, die dem Geckomann schon einmal direkt gegenübergestanden ist. Sie allein weiß, wie er aussieht." Martha ist so richtig in Fahrt, keiner wagt es, ihr zu widersprechen.

„Ihr könntet euch auch als Kundinnen ausgeben", schlägt Boris vor. „Dann müsstet ihr nicht einmal schwindeln. Mareikas Fahrrad hat hinten fast einen Platten. Fragt ihn, ob er euch eine Pumpe leiht."

„Und vergesst nicht, euch gut in seinem Laden umzusehen", sagt Simon. „Vielleicht entdeckt ihr etwas Verdächtiges. Eine Frage ist nur, was wir anderen inzwischen machen sollen?"

Darauf weiß Kerstin eine Antwort und schlägt vor: „Wir könnten inzwischen den Hof etwas genauer untersuchen. Vielleicht finden sich irgendwelche Hinweise oder Spuren, die uns weiterhelfen."

Boris runzelt die Stirn und überlegt: „Du meinst Leguankacke, Geckospuren, Schlangenhäute und solches Zeug?"

„Zum Beispiel."

Plötzlich macht sich jemand mit einem kurzen Pfiff bemerkbar. Es ist Benji. Keinem ist aufgefallen, dass er sich während unserer Beratung klammheimlich fortgestohlen und bereits im Hof umgesehen hat. „Kommt her!", ruft er, springt wie ein Gummiball auf und ab und zeigt auf etwas, was er aus dem Müllcontainer gefischt hat. „Das müsst ihr unbedingt sehen!"

Martha nimmt Benji den aufgerissenen Plastiksack aus der Hand, liest die Aufschrift, nickt finster und sagt mit bebender Stimme: „Da haben wir ja schon den ersten Hinweis. *Futterinsekten, getrocknet* – damit füttert man Reptilien."

Klingeling macht das Glöckchen an der Eingangstür. Martha und Mareika halten sich wie Hänsel und Gretel an der Hand, als sie den Laden betreten.

Wir sind so aufgeregt, dass wir den Plan, uns im Hof umzusehen, ganz schnell vergessen haben. Boris drückt von außen die Nase gegen die Fensterscheibe, späht den beiden angestrengt hinterher und erstattet Bericht: „Also, jetzt sind sie drin. Es ist noch eine Frau da, wahrscheinlich eine Kundin. Jetzt kommt ein Mann dazu. Das könnte dieser Bernwieser sein. Er trägt einen blauen Mechanikermantel und eine Schirmkappe auf dem Kopf. Fuchtelt mit einer Zange. Hält etwas Winziges in der anderen Hand, eine Schraube oder so. Ich kann's nicht genau erkennen. Jetzt sagt er was zu der Frau und lacht. Da, jetzt bemerkt er Mareika und Martha und …"

„Ja, was und?", will Natty wissen. „Spann uns doch nicht auf die Folter! Was passiert? Was siehst du?"

Boris dreht sich zu uns um. Seine Nasenspitze ist ganz platt gedrückt und weiß. „Volltreffer!", flüstert er. „Eben hat Mareika zu mir hergesehen und Daumen hoch gezeigt. Sie hat ihn also wiedererkannt. Herr Bernwieser ist wirklich unser Geckomann!"

21

Eigentlich sieht er total nett aus, dieser Geckomann. Er lächelt uns zu, als wir den Laden betreten, und widmet sich dann der Frau, die vor uns dran ist.

„Das Fahrrad funktioniert einwandfrei, ich weiß nicht, was Sie haben, Frau Kamper."

„Das soll ein E-Bike sein? Ich hab gestrampelt wie die bei der Tour de France, nur weil ich den kleinen Hügel rauffahren wollte. Und geschnauft hab ich wie ein Kutschenpferd." Die Frau sieht aus, als wäre sie wirklich gerade ein Radrennen gefahren, völlig verschwitzt und ganz rot im Gesicht.

„Aber ich hab's mir gründlich angeschaut, mit dem Rad ist alles in Ordnung." Herr Bernwieser lächelt geduldig und spricht ganz ruhig. „Ich glaube, Sie haben einfach vergessen, den Akku aufzuladen. Sehen Sie!" Er kommt mit dem Fahrrad hinter dem Tresen hervor.

„Was hab ich? Das hat mir keiner gesagt“, sagt Frau Kamper und schüttelt ihre Locken.

„Na ja, das ist ein E-Bike. Und E steht für Elektro und das bedeutet Strom. Und deswegen muss man es regelmäßig aufladen. Ich hab es geputzt und geölt, das geht aufs Haus. Und wenn noch was ist, können Sie ja gerne wiederkommen.“

Mit einem knappen Gruß schiebt Frau Kamper ihr E-Bike aus dem Laden. „Pass doch auf!“, zischt sie mich an und ich versuche mich nicht aufzuregen.

Dann wendet sich Herr Bernwieser an uns und fragt: „Und? Was kann ich für euch tun?“ Er muss wirklich ein geduldiger Mensch sein, er lächelt uns wieder freundlich an, wirkt überhaupt nicht so, als hätte er sich gerade über eine blöde Kundin ärgern müssen.

„Ich wollte nur fragen, ob Sie uns eine Fahrradpumpe leihen könnten“, sagt Mareika leise.

„Klar, kein Problem“, sagt Herr Bernwieser. „Draußen im Hof ist eine Pumpstation. Da könnt ihr euch bedienen.“

„Wir haben aber leider kein Geld mit.“ Mareika kann wirklich sehr bemitleidenswert schauen.

„Das macht doch nichts." Der Mann lacht. „Was kommt in einen Fahrradreifen rein?"

„Luft?", rate ich.

„Richtig! Und was kostet Luft?"

„Nichts?", errate ich die Antwort.

„Genau. Nichts. Und deswegen braucht ihr auch kein Geld, um einen Reifen aufzupumpen."

Wir bedanken uns höflich, dabei schaue ich mich unauffällig um, als plötzlich die Tür auffliegt und Boris hereinstürmt.

„Alles klar, Mädels?", ruft er und stellt sich breitbeinig mitten in den Laden. Wie oft habe ich ihm schon gesagt, dass ich es nicht ausstehen kann, wenn er uns Mädels nennt, und strafe ihn mit einem bösen Blick.

„Ja, wir sind schon fertig", sagt Mareika, dreht sich um und will die Tür aufmachen. „Wir können den Reifen draußen aufpumpen."

„Ich hätte da auch noch eine Frage", sagt Boris unvermittelt und schaut sich dabei so auffällig um, dass ich mir sicher bin, Herr Bernwieser findet uns inzwischen höchst verdächtig.

„Na, junger Mann. Was hast du denn für eine Frage?"

„Ich … also, ich wollte …“ Es war klar, Boris hat sich vor seinem großen Auftritt rein gar nichts überlegt. Er holt tief Luft und sagt: „Ich hab bald Geburtstag.“

„Wie schön.“ Herr Bernwieser ist sichtlich amüsiert.

„Ja, ganz bald hab ich Geburtstag. Und ich wünsch mir ein neues Fahrrad“, sagt Boris.

„Das ist eine super Idee“, antwortet der Fahrradhändler.

„Und da dachte ich, wenn wir schon mal hier sind, könnten Sie mich ein wenig beraten und mir zeigen, was Sie so im Angebot haben.“

Herr Bernwieser hebt bedauernd die Hände und sagt: „Prinzipiell keine schlechte Idee. Aber da müsste ich dich bitten, in den nächsten Tagen wiederzukommen, ich hab heute noch mehrere Räder zu reparieren.“

„Och, wie schade, aber umschauen könnte ich mich ja trotzdem mal kurz“, sagt Boris und späht an Herrn Bernwieser vorbei ins hintere Zimmer.

Und wieder bimmelt die kleine Glocke, die an der Ladentür hängt, und hereinspaziert Simon und ruft laut: „Grüß Gott!“

„Nanu!“ Der Fahrradhändler schaut verdutzt. „Gibt es hier irgendwo ein Nest mit Kindern?“

Als er das Wort Nest sagt, denke ich sofort an ein Schlangennest und werfe einen Blick hinter den Ladentisch. Simon stellt sich davor und sagt mit fester Stimme: „Ich suche für die Ferien einen Praktikumsplatz. Bieten Sie so etwas an?“

„Für dich?“ Der Fahrradhändler ist immer noch freundlich, obwohl mittlerweile vier Kinder in seinem Geschäft rumstehen. „Wie alt bist du denn?“, fragt er.

„Elf“, antwortet Simon, lässt seine Stimme tiefer klingen und streckt sich so lang er kann.

„Tut mir leid, aber das ist nicht erlaubt. Man darf mit elf noch nicht arbeiten. Kommst einfach in drei Jahren wieder. Und jetzt entschuldigt mich, so nett es ist, mit euch zu plaudern, aber ich muss wirklich wieder arbeiten.“

Gerade als wir uns umdrehen, um das Geschäft zu verlassen, kommt mein Bruder zur Tür herein, drängelt sich durch unsere kleine Gruppe zur hinteren Wand. „Das ist aber eine schöne Bartagame!“, ruft er und alle Köpfe drehen sich zu ihm. Keiner von uns hat bis jetzt das große, gerahmte Foto zwischen den Regalen gesehen. Typisch Mischa, dass ihm das auffällt.

„Wow, du kennst dich ja gut aus!“, sagt Herr Bernwieser, sichtlich erfreut, dass jemand das Bild bewundert. „Bist du auch ein Reptilienfan?“

„Total“, antwortet Mischa und tritt ganz nah vor das Bild. „Faszinierend, oder? Aber ich liebe auch Schlangen und Leguane.“

„Ich auch“, antwortet Herr Bernwieser. Irre ich mich oder ist seine Stimme plötzlich leiser geworden?

Mischa sieht den Mann, der sich ein bisschen hinter seiner Ladentheke versteckt, herausfordernd an, zuckt mit den Schultern und sagt: „Aber leider darf man diese Tiere nicht zu Hause halten.“

„Natürlich darf man“, erwidert der andere. „Im Gegenteil! Das sind tolle Tiere, ständig hat man was zu beobachten. Man muss nur wissen, wie man sie richtig halten muss.“

„Und? Wissen Sie wie?“
Mir wird es jetzt zu blöd mit diesem Herumgerede, deshalb habe ich mich getraut, den Satz direkt auszusprechen.

„Da gibt es schlaue Bücher, da steht alles drin. Und im Internet findet man auch ganz viel Information. Aber, liebe Kinder, ich muss euch jetzt wirklich bitten zu gehen. Ich hab sehr viel zu tun.“ Mit diesen Worten kommt er hinter dem Ladentisch hervor und scheucht uns mit ausgebreiteten Armen in Richtung Eingangstür. Plötzlich wirkt er gar nicht mehr so freundlich und wir verlassen schnell das Fahrradgeschäft.

Der Einzige, der draußen gewartet hat, war Benji. Nun steht er in dem Innenhof und trippelt vor Aufregung hin und her. „Sagt schon, was habt ihr rausgefunden?“

„Hm“, macht Simon.

„Er ist der Geckomann, fix“, sagt Mareika.

„Er hat ein Foto von einer Bartagame an der Wand“, erzählt Mischa.

„Im Hinterzimmer konnten wir nichts Verdächtiges erkennen“, murmelt Boris.

Und als ich sage: „Aber er ist total nett“, da schauen mich alle mit großen Augen an und nicken.

„Und was machen wir jetzt?“, will Mischa wissen.

„Wir spionieren weiter“, ruft Benji und läuft voraus.

22

Miese Stimmung. Fast wie nach einem verlorenen Fußballspiel. Herr Bernwieser hat uns vor die Tür gesetzt. Da stehen wir nun vor seinem Fahrradladen und keiner weiß so recht, wie es nun weitergehen soll. Nur Benji ist voller Tatendrang und mag nicht aufgeben.

„Kommt schon, Detektive!“, feuert er uns an und knurrt wie ein Hund, dem einer den Knochen wegnehmen will. „Das kann doch nicht schon alles gewesen sein?“

Verlegenes Kopfschütteln, Schulterzucken, leises Hüsteln.

Benji ist wütend. Sein Kopf schwillt an, wie ein Luftballon, der gleich zu platzen droht. „Was seid ihr für eine müde Bande!“, schimpft er. „So knapp vor dem Ziel aufzugeben. Dabei riecht es hier doch förmlich aus allen Ritzen nach wilden Tieren. Und vergesst nicht den leeren Futtersack, den ich in der Tonne gefunden habe. Sicher gibt es noch andere Beweise."

„Beweise?", antwortet ihm Simon verdrossen. „Wofür? Für wen? Dass unser Geckomann Fahrräder repariert, ist schließlich kein Verbrechen. Und nur weil er uns aus seinem Laden rausgeworfen hat, können wir doch wohl nicht die Polizei rufen, oder?"

„Aber Herr Bernwieser ist der Geckomann!", beteuert Benji jetzt so laut, dass es rundum von den Wänden hallt.

„Pst!", ermahnt ihn Martha. „Oder willst du etwa die anderen Hausbewohner aufschrecken?"

„Mir doch egal", brummt Benji missmutig, vergräbt seine Hände so tief in den Hosentaschen, dass er sich an den Knien kratzen könnte. „Vielleicht wissen die Leute, die hier wohnen, etwas von den geheimen Machenschaften des Geckomanns. Na, was denkt ihr?"

„Geheime Machenschaften?", wiederholt Martha nachdenklich und schüttelt den Kopf. „Ehrlich gesagt bin ich mir da inzwischen nicht mehr so sicher. Vielleicht irren wir uns und alles ist ganz anders? Auf mich wirkt Herr Bernwieser eher harmlos, jedenfalls nicht wie ein gemeiner Tierschmuggler oder ein Verbrecher. Und so finstere Knopfaugen wie auf Mischas Phantomzeichnung hat er auch nicht."

„Die habe ich aus der Fantasie gezeichnet", verteidige ich mein Werk. „Aber zugegeben: einen hinterhältigen Schuft stelle auch ich mir anders vor. Und wisst ihr noch: Als ich Herrn Bernwieser vorhin auf das Bild mit der Bartagame angesprochen habe, hat er sich sogar richtig gefreut. Nervös wurde er erst, als Boris seine Finger in diesen Karton mit den Schrauben und Scharnieren gesteckt hat."

„Na, sowieso!", protestiert Boris und boxt mich gegen den Arm. „Meinst du etwa, ich war auf der Jagd nach Diamanten und Juwelieren, während ihr euch wie superschlaue Ecksperten über den Bartgermanen unterhalten habt?"

„Wow", staunt Martha. „Juwelieren, Bartgermane und Ecksperte! Gleich drei verdrehte Wörter in einem Satz. Das macht dir so schnell keiner nach."

Aber Boris wäre nicht Boris, wenn er sich durch Marthas Bemerkung aus der Fassung bringen ließe. Kämpferisch reckt er uns das Kinn entgegen und blafft gereizt: „Ich habe doch nur nach einem passenden Rücklicht für mein Fahrrad gesucht, nichts weiter. Wird man wohl noch dürfen?"

„Schon", entgegne ich ihm, „aber du hättest Herrn Bernwieser auch einfach nach so einem Teil fragen können. Das wäre höflicher gewesen, schließlich ist es ja *sein* Geschäft."

„Jaja. Und du Klugscheißer hättest –"

„Beruhigt euch", mischt sich Natty in das Hick hack, legt uns ihre Arme um die Schultern und meint versöhnlich: „Immerhin wissen wir jetzt, dass Herr Bernwieser der Geckomann ist."

Mareika nickt und überlegt: „Schon, ja. Aber bringt uns das jetzt wirklich weiter?"

„Eben nicht!", sagt Benji grimmig. „Erst wenn wir wissen, wo er seinen ganzen Drachenzoo versteckt hat, sind wir am Ziel unserer Ermittlungen."

„Am Ziel unserer Ermittlungen", wiederholt Kerstin und ahmt dabei den Tonfall unseres Freundes nach. „Aus welchem Krimi hast du denn das gestohlen?"

„Ist doch egal!", wehrt sich Benji, will noch etwas sagen, verstummt dann aber.

Von einer Sekunde auf die andere ist es plötzlich merkwürdig still im Hof. Nicht einmal das leiseste Zwitschern eines Vogels ist zu hören.

Wie auf Kommando blicken alle in Richtung des Durchgangs, aus dessen Schatten nun ein Mann

den Innenhof tritt. Mit jedem Schritt, den er näherkommt, wächst unser Staunen. Denn obwohl der Mann einen schwarzen Hut trägt und auch anders angezogen ist, ähnelt seine ganze Gestalt, vor allem aber sein Gesicht, vollkommen jenem von Herrn Bernwieser. Aber der befindet sich doch in diesem Moment in seinem Fahrradladen.

„Hallo!“, begrüßt uns Bernwiesers Spiegelbild im Vorbeigehen. Er tippt mit einem Finger an die Krempe seines Huts und verschwindet hinter einem der großen Blumentröge. Dahinter scheint sich ein Treppenabgang zu befinden. Ein paar Sekunden später ist das Klirren eines Schlüsselbunds zu hören. Gleich darauf eine knarrende Tür, die mit einem lauten Knall zufällt.

Wie versteinert stehen wir da, sehen einander ungläubig mit großen Augen an.

„Uff!“, kommt es über Nattys Lippen.

„Doppel-Uff!“, sagt Kerstin und schüttelt den Kopf, weil sie es ebenso wenig fassen kann. „Sagt mal, träume ich jetzt schon am helllichten Tag oder wohnen in diesem Haus noch mehr von der gleichen Sorte?“

Simon kratzt sich am Kopf und sagt nicht weniger verblüfft: „Hätte ich den Kerl eben nicht selbst gesehen, würde ich sagen, es war eine Fata Morgana.

Ihr wisst schon, so ein schummriges Trugbild, wie man es in der Wüste beobachten kann."

„Ein Zwilling", sagt Martha. „Eineiig. Zweifel ausgeschlossen. Aber so was von eineiig."

„Direkt unheimlich", findet Benji. „Und auf jeden Fall verdächtig, findct ihr nicht?"

„Wieso?", antwortet ihm meine Schwester. „Zwillinge gibt's viele. Mischa und ich zum Beispiel."

„Schon", erwidert Benji. „Aber ihr zwei seht wenigstens verschieden aus, da weiß man gleich, mit wem man spricht. Aber der Kerl da unten in dem Keller … der kommt mir jetzt sogar noch viel verdächtiger vor als sein Doppelgänger im Fahrradladen."

Eine Minute lang sagt keiner ein Wort. Alle grübeln mit nachdenklichen Mienen wie bei einer schwierigen Mathearbeit.

Simon zieht als Erster einen Strich unter seine Rechnung. „Das Problem ist, dass wir jetzt herausfinden müssen, wer von den beiden Bernwiesers der Geckomann ist. Oder könnte es sein, dass womöglich beide in den Fall verstrickt sind?"

Noch bevor einer von uns eine Antwort darauf weiß, ertönt das helle *Klingeling* der Türglocke vom Fahrradgeschäft.

„Na so was!“, ruft Bernwieser Nummer eins uns zu. „Die Rasselbande! Ihr seid ja immer noch da.“

Er winkt uns zu sich an die Ladentür. Wir erwarten eine Standpauke, aber stattdessen zwinkert er uns fröhlich zu und sagt in ruhigem Tonfall: „Tut mir leid, wenn ich euch vorhin etwas zu grob hinausbefördert habe. Aber Arbeit ist Arbeit und die erledigt sich schließlich nicht von allein. Ich würde sagen: Wir beginnen noch mal ganz von vorne. Also ich bin der Bernwieser Karl, ihr könnt aber auch einfach Charly zu mir sagen. Und mit wem habe ich das Vergnügen?“

Benji plustert sich auf und krächzt wie ein Hahn, dass es von den Wänden hallt: „Wir sind die *Glorreichen Acht!*“

Herr Bernwieser zieht beeindruckt eine Augenbraue hoch und nickt. „Aha, die *Glorreichen Acht*“, wiederholt er ehrfürchtig. „Allerhand. Und muss man sich vor dieser Bande fürchten? Raubt ihr Banken aus oder dreht krumme Dinger?“

„I wo“, verneint Martha und lacht. „Wir sind doch die Guten.“ Sie geht einen Schritt auf Herrn Bernwieser Nummer eins zu, streckt ihm die Hand entgegen und sagt: „Ich bin Martha und übrigens auch ein Zwilling.“

23

„Ein Zwilling?“ Der Fahrradhändler schaut mich fragend an. „Da ist aber niemand, der dir ähnlich sieht.“

„Wir sind ja auch zweieiig“, sagt Mischa, der einen Schritt vorgetreten ist, er stellt sich neben mich und streckt den Rücken durch. Trotzdem ist er immer noch einen halben Kopf kleiner als ich.

„Ach natürlich, das erklärt alles. Verblüffend“, sagt Herr Bernwieser und begutachtet uns mit einem Blick, als würde er eine seltene Spezies im Zoo studieren. Apropos Zoo, natürlich denke ich sofort an unseren Schönbrunn-Besuch und ich frage ihn: „Mögen Sie Tiere?“

„Na ja, das kommt drauf an.“ Falls Herr Bernwieser über die Frage erstaunt ist, dann lässt er es sich nicht anmerken. „Hunde nicht so, ich bin als Kind mal fast gebissen worden. Aber Katzen sind ok.“

„Ich mag gerne Reptilien“, ruft Benji aus der zweiten Reihe und der Rest der Bande hält die Luft an.

„Ich auch. Aber vor allem mein Bruder, der ist ein echter Experte auf diesem Gebiet.“ Der Fahrradhändler nimmt die Kappe ab und kratzt sich am Kopf. „Irgendwie seltsam“, sagt er verwundert, „man kann sie ja nicht einmal richtig streicheln.“

„Aber sie sind interessant“, erwidert Benji. „Meine Mama erlaubt mir kein Terrarium. Sie sagt, es ist zu aufwendig und es stinkt.“

„Da hat sie nicht ganz unrecht, deine Mama“,sagt der Fahrradhändler nachdenklich. „Jetzt aber fort mit euch. Habt ihr den Reifen aufgepumpt?“ Herr Bernwieser hat seine Kappe wieder aufgesetzt, dreht sich um und will in sein Geschäft gehen. Wir nicken alle. „Gut, und wegen des Fahrrads für den jungen Mann kommt's wie gesagt einfach nächste Woche wieder, da hab ich mehr Zeit“, sagt er zum Abschied und weg ist er. Zurück bleibt eine verdutzte Bande, die keinen Plan hat, was sie jetzt tun könnte.

„Aber es ist doch sonnenklar“, flüstert Boris.

„Was ist denn sonnenklar?“, frage ich. Schön langsam habe ich keine Lust mehr in irgendwelchen Innenhöfen rumzustehen und so zu tun, als wäre es reiner Zufall, dass acht Kinder an einem heißen Sommernachmittag in einem Innenhof rumstehen.

„Habt ihr nicht zugehört?“ Boris’ Stimme wird lauter und Mischa blickt sich nervös um. „Sein Bruder l i e b t Reptilien. Also was schließen wir daraus?“

„Sein Bruder ist der Geckomann?“, fragt Mareika.

„Korrekt. Und seinen Zoo hält er in diesem Keller da drüben, darauf verwette ich meinen Kopf.“

Nun hat Boris ganz vergessen, dass wir hier einen Geheimauftrag haben, und hat den Satz laut gerufen.

„Was ist ein Geckomann?“

Blitzartig drehen wir uns in die Richtung, aus der die Stimme gekommen ist, Benji stolpert über seine eigenen Füße, Mischa rammt mir seinen Ellbogen in den Bauch und Mareika stößt einen quiekenden Laut aus. Herr Bernwieser Nummer zwei ist wieder aufgetaucht, lehnt am Treppengeländer des Stiegenabgangs und schaut uns skeptisch an.

„Ach ... das ist nur so ein Spiel von uns ... wir überlegen uns ... na ja, wir überlegen uns halt, welches Tier zu einem Menschen passen könnte“, stottere ich und schaue dem Mann fest in die Augen. Der soll bloß nicht merken, dass ich gerade Schiss habe. „Und da gibt es eben Hundemenschen und Katzenmenschen und solche, zu denen nur ein Vogel passt oder … äh … ein Krokodil …“

„Und ich bin also der Geckomann?“ Jetzt lächelt Bernwieser Nummer zwei uns an. „Ich weiß zwar nicht, wie ihr darauf kommt, aber es passt. Ich liebe Geckos.“

„Ich auch“, ruft Benji. „Haben Sie auch einen?“

„Ich habe sogar mehrere. Wollt ihr sie sehen?“

Mir fällt sofort ein Bilderbuch ein, das wir im Kindergarten vorgelesen bekommen haben. Darin ging es um zwei Kinder, die auf der Straße von einem fremden Mann angesprochen wurden, er wollte ihnen seine Katzenbabys zeigen. Das Mädchen wollte sofort mitgehen, doch ihr Bruder war misstrauisch, hat seine Schwester an der Hand genommen und ist mit ihr schnell davongelaufen. Sie haben alles ihren Eltern erzählt und auf der letzten Seite sind sie sogar zur Polizei gegangen. Ich erinnere mich daran, dass ich mich vor dem Buch total gegruselt habe, aber auch darüber geärgert. Niemals wäre ich so blöd und würde mit einem Fremden mitgehen, nur weil er angeblich Katzenbabys hat.

An nichts anderes kann ich denken, während wir alle, also sämtliche Bandenmitglieder der

Glorreichen Acht, die Stiegen runtergehen. Ein fieser Mann, der Kinder entführt, statt mit Katzenbabys lockt er sie mit Geckos, was die Sache aber nicht weniger gefährlich macht.

Herr Bernwieser Nummer zwei dreht einen Schlüssel in einem alten Schloss, schweigend stehen wir hinter ihm und ich kann die Anspannung spüren. Wir werfen uns vielsagende Blicke zu und denken wohl alle gleichzeitig, dass wir schließlich acht gegen einen sind. Was soll da schon passieren?

Der Mann drückt einen Lichtschalter, es flackert ein bisschen und wir trauen unseren Augen nicht. Ich hatte ein gruseliges, muffiges Verließ erwartet, stattdessen blicken wir auf grün schimmernde Terrarien, ein riesiges Aquarium, in dem es von bunten Fischen nur so wimmelt. Ein Gehege mit Erde, Steinen und Büschen, warm von einer Lampe beleuchtet, darin eine riesige Schildkröte, die uns gelangweilt anschaut. Es sieht hier gar nicht viel anders aus als im Geheimkeller von Schönbrunn, nur eben kleiner.

Bernwieser Nummer zwei steht mitten im Raum und winkt uns weiter herein in seinen privaten Zoo. Und ich muss sagen, es sieht wirklich ziemlich gut

aus. Die Terrarien sind groß und gut beleuchtet, viele Pflanzen wachsen kreuz und quer, in einem gibt es sogar einen Mini-Wasserfall.

„Schaut her, ich bin wirklich der Geckomann“, sagt er lachend und zeigt auf eine Glasscheibe, an der mindestens zehn Geckos kleben. „Aber ihr könnt gerne Johnny zu mir sagen.“

„Charly und Johnny.“ Kerstin denkt laut nach. „Seid ihr aus Amerika?“

„Da würde ich gerne mal hin“, antwortet Johnny und hält der Schildkröte ein Salatblatt vors Maul.

„Nein, aber unsere Eltern haben uns Karl und Johann genannt, das fanden wir beide zu langweilig. So ist aus meinem Zwillingsbruder Karl einfach ein Charly geworden und aus mir ein Johnny. Klingt doch viel cooler, oder?“

Mein Bruder steht vor dem größten Terrarium und unterbricht das kleine Namensreferat. „Bin ich blind oder ist da nichts drin?“, fragt er und blickt von allen Seiten in alle Ecken. Wir drängen uns um ihn.

„Da wohnt mein Leguan Lenny“, sagt Johnny. Er steht hinter uns und sieht plötzlich gar nicht mehr so fröhlich aus.

„Der versteckt sich aber ziemlich gut“, meint Boris und drückt seine Nase gegen die Glasscheibe.

„Tja, er versteckt sich leider nicht“, sagt Johnny und nun sieht er aus, als würde er gleich in Tränen ausbrechen.

„Wir können ihn aber nicht sehen“, rufen wir im Chor und Boris hinterher: „Ist er im Urlaub? Auf Kur? Im Feriencamp?“

„Er ist mir entwischt.“ Die Stimme des großen Mannes ist so leise, wir haben Mühe, ihn zu verstehen. Boris blickt uns triumphierend an und jubelt: „Seht ihr! Ich hatte recht. Da war ein Leguan im Schwimmbad."

Und bevor wir auch nur einen Piep sagen können, stürzt Johnny Bernwieser auf Boris und packt ihn an den Schultern. „Was sagst du da? Im Schwimmbad? Wo? Wann? Wie?"

Boris windet sich aus seinem Griff. „Das ist schon ein paar Tage her, der ist längst nicht mehr da", sagt er.

„Entschuldige bitte, mein Junge. Ich wollte dich nicht erschrecken oder dir wehtun. Ich bin nur so verzweifelt, ihr müsst mir helfen," erwidert Johnny.

„Helfen ist unsere Spezialität", rufe ich und alle schauen mich erwartungsvoll an.

24

Es gibt Tage, die sind so schön, dass sie nicht enden sollten. Heute ist so einer. Obwohl es inzwischen draußen stockfinster ist, die Vorhänge zugezogen und nur noch das Licht des Nachttischlämpchens in meinem Zimmer scheint.

„Fünf Minuten“, hat Mama gesagt. „Fünf Minuten gebe ich euch beiden noch, dann ist aber Schluss für heute.“ Morgen sei schließlich ein gewöhnlicher Schultag, hat sie erklärt, und sie wolle sich nicht vorwerfen lassen, dass ihre Kinder mit müden Gesichtern zum Unterricht erscheinen würden.

Seit wir von unserem Abenteuer bei den Bernwieser-Zwillingen wieder nach Hause zurückgekehrt sind, müssen wir uns immer wieder gegenseitig erzählen, wie es war, als …

„… plötzlich der zweite Bernwieser auf der Bildfläche erschienen ist“, erinnert sich Martha.

„Ich krieg jetzt noch eine Gänsehaut, wenn ich daran denke."

„Stimmt, das war ganz schön unheimlich. Fast hätte ich einen Salto rückwärts gemacht, wie ich sein Gesicht aus der Nähe gesehen hab", sage ich.

„Wen wundert's? Zwillinge eben. Die Brüder gleichen sich wie ein Ei dem anderen. Wenn sie nicht verschieden angezogen wären, hätte ich nicht gewusst, mit wem ich gerade spreche." Martha klopft sich ein Kissen zurecht, setzt es sich wie einen Fantasiehut auf und sagt: „An ihren verschiedenen Kopfbedeckungen kannst du sie erkennen. Charly trägt eine Schirmmütze, Johnny so einen altmodischen Herrenhut."

„Und weißt du noch", fällt mir jetzt ein, „was Johnny für ein Gesicht gemacht hat, als wir ihm davon erzählt haben, dass im Tiergarten Schönbrunn vor Kurzem ein entlaufener Leguan abgegeben wurde? Und nicht etwa irgendein Leguan, sondern einer, der in Krähfeld eingefangen wurde …"

„Oh ja", sagt Martha. „Johnny hat es kaum fassen können. Hat sofort im Zoo angerufen und vor Freude fast geheult, als er erfahren hat, dass unsere Geschichte stimmt."

„Ja, alles ist gut ausgegangen. Sogar besser als gut. Denn anfangs haben wir ja gedacht, dass gemeine Tierschmuggler hinter diesen Vorfällen stecken. Ehrlich gesagt bin ich froh, dass es nicht so ist. Johnny hat Tiere sicher genauso lieb wie wir Jip, Hanna und Henriette. Wie hieß noch mal der eine Gecko?“

„Twist!“, weiß Martha in Sekundenschnelle und lächelt verträumt. „So ein putziges Tierchen. Zum Verlieben. Und zutraulich, dass man es kaum glauben kann. Frisst Johnny sogar aus der Hand und versteckt sich manchmal in den Taschen seiner Jacke. So kam es auch, dass Twist als blinder Passagier in Johnnys Auto mitfuhr. Zum Glück hat Johnny auf der Heimfahrt entdeckt, dass er nicht allein unterwegs war.“

„Stimmt. Und dass ihm beim Saubermachen der Terrarien Lenny durch die offene Fensterluke hinaus ins Freie entwischte ist, kann man Johnny auch nicht wirklich zum Vorwurf machen. So was kann schon mal passieren.“

„Aber das Beste kommt erst noch!“, ruft Martha, hüpft wie auf einem Trampolin auf dem Bett und jubelt: „Morgen gibt es das große Wiedersehen! Dann

darf Johnny seinen Lenny im Tiergarten abholen."
Plötzlich hält sie inne, macht ein trauriges Gesicht und murmelt: „Schade, dass wir nicht dabei sein können. Immer kommt einem die Schule dazwischen."

„Dafür veranstaltet Johnny am Wochenende ein Fest zu Ehren der *Glorreichen Acht.* Und sogar unsere Eltern hat er dazu eingeladen."

„Bloß ein Rätsel ist noch immer ungeklärt", sagt Martha, setzt sich wieder an den Bettrand und grübelt: „Schließlich war auch von einer Schlange die Rede."

„Stimmt. Die eine, die irgendjemand im Wald gesehen hat."

„Mhm, die meine ich", sagt Martha und nickt. „Aus Johnnys Terrarien ist sie jedenfalls nicht entkommen, das hat er uns versichert. Ich hoffe nur, dass sie auch bald gefunden wird. Sonst tritt ihr womöglich Boris beim nächsten Besuch im Schwimmbad versehentlich auf den Schwanz."

„Hui, bloß nicht! Die arme Schlange!"

„Und erst der arme Boris", sagt Martha lachend.

Gerade, als ich von ihr wissen möchte, welchen Namen sie einer Schlange geben würde, wenn wir so eine als Haustier hätten, geht die Tür auf. Mama. Sie muss erst gar nichts sagen. Schnell springt Martha auf, gibt Mama ein Gute-Nacht-Küsschen auf die Wange und trippelt in ihr eigenes Zimmer.

Wie viel Zeit ist vergangen, seit Martha in ihr eigenes Bett musste? Drei Minuten, vielleicht vier? Eine Minute kann sehr lange sein, wenn man allein ist und noch so viele Gedanken im Kopf hat, die man gerne mit jemandem teilen möchte.

Ob es meiner Schwester auch so geht? Denn wenn ich die Augen zumache, ist mir, als wäre ich noch immer mit den *Glorreichen Acht* in Johnnys schönem Tierreich.

„Petula", flüstert mir plötzlich eine vertraute Stimme ins Ohr. Und auch die eiskalten Füße, die sich jetzt an meinen reiben, verraten, dass Martha zu mir unter die Decke gekrochen ist. „Ich würde unsere Schlange Petula nennen."

HUBERT FLATTINGER

lebt als freier Schriftsteller und Illustrator bei Wien. Seine Kenntnisse der Kinder- und Jugendliteratur vermittelte der ehemalige Journalist (Tiroler Tageszeitung, Kleine Zeitung) über viele Jahre am Institut für Sozialpädagogik in Stams in Tirol. Für mehrere seiner Jugendbücher wurde er mit dem Mira-Lobe-Stipendium ausgezeichnet. 2020 erhielt er den Otto-Grünmandl-Literaturpreis des Landes Tirol.

PETRA HARTLIEB

führt mit „Hartliebs Bücher“ eine der berühmtesten Buchhandlungen Österreichs, der sie in „Meine wundervolle Buchhandlung“ ein Denkmal gesetzt hat. Ihr 2024 erschienener Politthriller „Freunderlwirtschaft“ stand auf den österreichischen Bestsellerlisten. Sie hat ein kleines Haus am Land, ganz in der Nähe von Hubert Flattinger. Aus gemeinsamen Spaziergängen der beiden Familien ist die Idee für „Martha & Mischa“ entstanden.

Ulrike Halvax

illustriert für Kinder und Erwachsene – Mensch, Natur, Vielfalt und Humor sind dabei wiederkehrende Themen der Waldliebhaberin. Sie studierte Grafikdesign und Fotografie in Linz und Vilnius, arbeitete einige Jahre in Wien und München und hat ihre Heimat nun im Grazer Umland in Waldnähe gefunden.

Umschlaggestaltung: Ulrike Halvax und Christine Fischer
Illustrationen: Ulrike Halvax
Satz und Typografie: Christine Fischer
Lektorat: Senta Wagner
Druck: FINIDR, s.r.o.
Gesamtherstellung: Leykam Buchverlag

Leykam Verlag
Dreihackengasse 20, A-8020 Graz
Lichtenauergasse 1/8, A-1020 Wien
office@leykamverlag.at
www.leykamverlag.at

ISBN 978-3-7011-8336-4

Klimaneutral gedruckt mit freundlicher Unterstützung durch die Kulturabteilung der Stadt Wien und das Land Niederösterreich.